GOBOOKS & SITAK GROUP©

偏偏寵愛（上）

藤蘿爲枝——著

虫羊氏——繪

目錄
CONTENTS

第一章　重活一次

「姐，我求妳了。底下那麼多人，妳總不希望我以後在學校過不下去吧？」

孟聽意識清醒時，就被人推著往前走。

聽清這個熟悉的聲音，她心中一顫，下意識轉身狠狠抓緊了女孩的手。

舒蘭差點尖叫出來：「姐姐，疼啊，妳放開我！」

孟聽這才意識到事情不對勁。

她眼前一片灰暗，像是世界被遮上了一層幕布。

孟聽怔怔地去摸自己的臉，她鼻梁上架了一副墨鏡，眼睛澀疼。

而眼前的舒蘭看上去十六七歲，聲線也稚嫩些。

舒蘭看她一眼，警惕道：「妳都答應我了，不會反悔吧？」

反悔？

孟聽用疼痛的眼睛看了四周一眼，她們在一個很暗的地方，前臺音樂聲響起，傳到後面成了很模糊的音律。

孟聽低頭看了眼自己的手，白皙纖弱的手在昏暗的光下美麗精緻，完全沒有燒傷以後的猙獰可怖，她不由得出神。

舒蘭見她不對勁，心裡一驚，生怕她看出了什麼，放低聲音：「姐姐，這是很重要的考核，要是沒有通過，爸爸知道了病發怎麼辦……」

孟聽這才轉頭看她，她想問問舒蘭：為什麼鬆開了那條繩子，讓自己死在了山崩中？

她知道自己已經死了。然而可怕的失重感以後，再睜眼，就回到了五年前。眼前的舒蘭稚嫩，場景也很熟悉。孟聽記得這件事，這一年她高二，被舒蘭求著幫忙過藝術考核。

舒蘭說，如果不過的話，以後在學校會被人瞧不起。舒蘭的鋼琴只學了兩年，而且沒有什麼天分，充其量是個半吊子，孟聽被她磨了很久，顧及到舒爸爸的身體，終於答應幫妹妹這一次。

興許是第一次做壞事，她的人生從此走上了糟糕的軌跡。

被人挖掘出李代桃僵後，學校的同學看她的眼神微妙。

而兩個月後眼睛好了，孟聽一躍成為七中的校花。她的眼睛不見天光三年，大家都只當她是盲人。然而這樣的美麗卻在這年毫無保留綻放出來，讓學校很多男生甚至見了她都走不動路。

孟聽卻為了救舒蘭被燒傷毀容，然後舒爸爸遭遇不幸，自己被親戚排擠，最後悲慘死在山崩中。

而此刻，眼前的舒蘭小聲說：「姐姐，我保證，這是日常考核，不是排名計分的，不會對別的同學造成影響，妳也不想我高中三年被人瞧不起吧。我們家本來就窮，因為妳的眼睛……」她猛然閉上嘴，忐忑地看孟聽一眼。

孟聽心中微顫，幾乎一瞬間懂了她的意思——為了治療妳的眼睛，我們家如今才這麼拮据。

但好笑的是，舒蘭在這所學校，一年的學費也高昂得嚇人。

而且重活一次，孟聽知道舒蘭在騙自己。

這哪裡是什麼藝術考核，分明是為了臺下的江忍。這年江忍犯了錯，被江家逐到利才高職來念書，一整個年級的女孩子都在為了討好他做準備。

開學的才藝大賽，舒蘭死要面子報了名，臨陣才知道自己的才藝拿不出手，求孟聽李代桃僵。

在H市，沒有人不知道江家。

江家百年大族，這座臨海城市，一大半房地產都是江家名下的。新開發沿海地帶的海景別墅也是江家的建案。

沒人知道江忍犯了什麼錯，但哪怕是殺人放火，這樣的有錢人，一輩子也可能只遇得到這一個。江忍作為江家唯一繼承人，所有人都知道他不是個好人，然而還是卯足了勁往他身邊湊，舒蘭也不例外。

舒蘭不知道從哪裡得知了老江總對亡妻的感情。江忍的母親是名副其實的貴族淑女，才華橫溢，冷傲如雪。縱然死了很多年，老江總都沒有再娶。

於是舒蘭打算用才藝討好江忍。

孟聽只覺得渾渾噩噩，重來一次，她既感激又茫然。不說別的，此刻面對眼前這個白眼狼妹妹，孟聽就不知道該怎樣對她。

而江忍呢？

她記起上輩子翻牆過來看她的少年，追三公里的公車只為讓她回頭看他一眼的江忍。

大家都知道江忍有陣發性暴怒障礙症，克制不住脾氣。可是孟聽還知道，他的感情近乎病態偏執。她這輩子不要和他沾上半點關係，在她的記憶裡，他幾年後殺了人。

這種人惹不起，難不成還躲不起嗎？

「有請高二八班，舒蘭同學。」

主持人清脆的聲音傳過來，舒蘭一咬牙，連忙把白色的禮花蕾絲帽幫孟聽套上，還伸手拿走了她的墨鏡。

暗色光下，舒蘭對上她那雙明麗空靈的眼睛，有片刻失神。誰會想到盲人墨鏡之下，是一雙比星空還漂亮的水瞳呢？

舒蘭覺得又恨又快意，快意的是，三年以來，大家都以為孟聽是個殘缺的盲人。一個盲人，幾乎沒人把她和美人聯想在一起。美麗被斂住鋒芒，無人窺其左右。

舒蘭回了神，知道這個姐姐溫柔脾氣好，輕聲道：「姐姐，我提前跟我朋友說了打暖黃暗光，妳等等眼睛疼就閉上。妳記得琴鍵的吧？應該沒事，拜託妳了。」

想到身體一日不如一日的舒爸爸，孟聽愣了愣，她思緒有些遲緩，直到被舒蘭推上了舞臺，燈光一瞬間打在了她身上。

舒蘭沒有騙她，舞臺的燈光為了顧及她不能見到強光的眼睛，成了昏暗的暖色。

這一年孟聽的眼睛才剛做了眼角膜手術，戴了三年多墨鏡，一直用白手杖輔助走路。一月前做完手術，原本還要兩個月才能摘下來的。

臺下從她出場後就鴉雀無聲。

白色蕾絲花帽子蓋住她大半張臉，隱隱能看見美麗的輪廓和小巧白皙的下巴。她穿著白色絲質長裙，腰間紅色繫帶，及腰長髮披散在腰間，腳上一雙黑色小皮鞋，她像是童話裡走出來的月光女神。

孟聽斂眸，她知道江忍就在禮堂最後面，她告訴自己不要慌，他都還不認識她，她現在代替的是舒蘭。

不遠處燈光下有一架鋼琴，黑白琴鍵熠熠生輝，有種別樣的雅致。

孟聽看著它，心中有片刻溫柔。

她在凳子上坐下來，雙手放在琴鍵上，久遠的記憶溫暖，琴聲響起的一瞬讓她身體微顫。

她終於有了重活一次的真實感。

下面靜成一片。

這裡是高職，大多數人會熱舞和吉他，然而很少有人選擇彈鋼琴。

半晌，下面輕聲道：「八班的人啊，好漂亮。」雖然輪廓朦朧，但是莫名就覺得美，說不上來的好看。

「她彈什麼？」

有懂鋼琴的人說：「貝多芬的升C小調第十四鋼琴奏鳴曲。」

「我靠什麼東西名字這麼長？」

「……也叫月光奏鳴曲。」

「她叫什麼？」

「主持人有說，八班的舒蘭。」

舒蘭悄悄從簾幕後看，既高興又憤恨。她知道孟聽有多厲害，從小就知道。如果不是眼睛受傷，孟聽的美麗有所收斂，這幾年早就聞名整個學校了。

然而高興的是，這一場以後，出名的人會是她。

孟聽再厲害又怎麼樣？榮譽全部是她的。

而且——舒蘭往大廳後面望，展廳最後面，銀髮的少年扔下了手中最後一對K，鋼琴聲響起的一瞬，他抬眸往臺上看過來。

她心跳加快，江忍。

這年江忍的頭髮是燦爛的銀色，穿著黑襯衫和夾克外套，外套敞開，有幾分不羈。他沒有規矩地坐在椅子上，而是坐在更高的扶手，腿肆意屈起，腳踩在旁邊男生的座位上。

那同學被踩髒了座位卻不敢說話，只能僵硬坐著。

賀俊明看著臺上，嘴巴張大，半晌才回過神：「她是我們學校的啊？」他心裡嘟囔，不像啊。

利才高職是有錢子弟的天堂，一群人成績死爛，吃喝玩樂樣樣精通，真沒這種感覺的女生。

怎麼說呢，純然乾淨得不像話，把他們秒殺成小混混似的。

方譚也嘖嘖稱奇，忍不住看了眼江忍。

江忍點了根菸，也沒抽，夾在指尖。覺察到方譚的視線，他把菸叼唇間：「看老子做什麼？你還真信那些傳言？」

方譚怕他生氣：「不信。」

他們清楚，江忍其實最討厭這種女生了。

因為忍哥的母親嫌棄他父親一身銅臭粗鄙無知，看忍哥和他父親永遠像在看髒東西。這種女人，心永遠比天高。也不想想，沒有錢哪裡堆得出她的衣食無憂和高雅。

江忍離得遠，看不清她長什麼樣，然而琴確實彈得好，他雙指取下菸，目光仍落在她身上。

孟聽垂下長睫，她最敏感的就是江忍的目光。這次她可不傻，手指按下去，她右移了一個鍵，刻意彈錯了一個音。

孟聽少彈了好幾個黑鍵，下面觀眾這才沒了這股驚豔感，嘰嘰喳喳開始吵鬧起來，各玩各的。

舒蘭不可置信地愣住了，孟聽怎麼彈錯了？

江忍嗤笑了聲，這種也敢出來丟人？他移開了目光，讓賀俊明重新洗牌。

孟聽不想讓舒爸爸難過失望，但是也不會再幫舒蘭。上輩子就是因為今天太過矚目，讓舒蘭成了學校的名人，報出李代桃僵的事，影響才會那麼大。

她彈完鞠了個躬，撐著澀疼的雙眼退了場。

舒蘭趕緊把她拉到更衣室：「妳怎麼彈錯了……」

孟聽摸索著戴上墨鏡，光線才讓她好受些。她並沒回答舒蘭的話，舒蘭更急別的事，也不在意：「我們快把衣服換回來。」

兩姐妹換好衣服，舒蘭忍住腰線緊繃的感覺，囑咐孟聽道：「妳記得要從後門走。」

孟聽猛然拉住她的手臂：「舒蘭，妳討厭我嗎？」

舒蘭神色僵硬了一瞬，半晌笑道：「姐，妳想什麼呢，妳那麼好，我怎麼會討厭妳。舒楊不喜歡妳，可是我一直很喜歡妳啊。」

孟聽放開了她的手，無力地閉了閉眼。撒謊。

重活一次她才懂，舒蘭和舒楊這對龍鳳胎兄妹，一個表面喜歡她，卻恨不得她去死。一個表面冷淡，卻願意籌錢幫她治療燒傷。人心隔肚皮，偏偏要付出太多代價才能懂。

只遺憾她前世還沒來得及長大就死去。

但這輩子不會了。

重回高二這一年，一切都可以重新洗牌。

孟聽目送著舒蘭提著裙擺匆忙往外走，她知道她要去找江忍。前世因為江忍漫不經心地說了句不錯，舒蘭就興奮到不行。這次呢？江忍還會對冒牌貨舒蘭感興趣嗎？

她拿起自己的白手杖，推開後門走出去，一瞬間十月金秋落入眼簾，眼前卻是一片灰色。鳥鳴聲清脆，有幾分秋天的冷意，路兩旁花兒盛開，有種雨後淡雅的香氣。

太陽出來了，孟聽閉上眼，慢慢向前走去。手術很成功，還有兩個月，她就可以重新看看天空和陽光。

這輩子什麼都來得及。

「忍哥，看那裡。」賀俊明一臉欲言又止。

休息室窗外看下去，天空碧藍如洗。一個穿著七中校服的女生，拄著白手杖往校門外走。

江忍手搭在窗臺，目光順著賀俊明的手指看過去，落在孟聽纖弱的背影上。

賀俊明驚疑道：「瞎子？還穿著七中校服。」

江忍嚼著口香糖，她跌跌撞撞找路，頗為狼狽可憐。這個七中的少女似乎對他們這所高職地形並不熟，慢慢消失在他們視野裡。

賀俊明過了一下就沒在意了，想起一件事曖昧地笑了笑：「剛剛彈琴的那個女生你記得吧？她大大方方過來說想交個朋友。」

「你喜歡？那就玩玩啊。」

賀俊明聳了聳肩：「人家找你啊忍哥，你這麼說像話嗎？」

江忍想起臺上的驚鴻一瞥：「行啊，讓她過來。」

舒蘭眼睛亮亮地走過來，看見江忍的一瞬間紅了臉：「江忍同學。」

白色禮帽被她拿在手上，一張妝容精緻的臉，長得也還不錯。

江忍看了舒蘭一眼，懶洋洋出聲：「喜歡我？」

舒蘭沒想到他這麼直白，臉一瞬間紅了，心跳飛快，有些激動，她克制住自己的反應，保持住優雅的人設：「江忍，我只是覺得你很優秀。」

江忍笑出了聲：「妳倒是說說我他媽哪裡優秀？」

舒蘭還沒來得及回答，江忍點了根菸：「抽菸打架優秀？還是殺人放火優秀？還是說前兩天把老師打進醫院優秀？」

舒蘭臉色白了白：「我相信有誤會，你不是這樣的人。」

江忍翹著腿：「看過我檢驗單沒，暴怒障礙是什麼懂不懂？」

舒蘭哪裡知道這些，她只知道江忍脾氣差，但是沒想到他有病。她臉色變來變去，最後堅定道：「我不在意！」

江忍彈了彈菸灰，語調譏諷：「缺錢缺到這地步了？但我介意啊，妳太醜了。再怎麼樣也得長隔壁七中沈羽晴那個樣子吧？沒看出我先前在耍妳？滾。」

沈羽晴是隔壁七中校花，在念高二，傳言是江忍現在的女朋友，然而很多人不信。再說，即便是，這世上新人換舊人的時候還少嗎？

舒蘭被羞辱一通趕出來，偏偏還知道江忍乖戾惹不起，不敢說話。

心中的火氣忍不住埋怨在了孟聽身上，要不是她彈錯了琴……

然而轉眼一想，舒蘭想起那句比沈羽晴還漂亮的話，她愣了愣。

她知道誰比沈羽晴好看，是孟聽。那種骨子裡純然震撼的美麗，已經因為眼睛受傷默默斂去了好幾年光芒。

孟聽從小就是大家關注的存在，舒蘭至今都記得第一次見到十歲的孟聽，那種讓人難忘的驚豔精緻感，漂亮無垢，生來就是讓他人自卑的。

約莫是所有人都想觸碰又嚮往的水晶禮物那種感覺。

她咬牙，一方面心想比起孟聽，沈羽晴算什麼？一方面又想，還好江忍不認識從前的孟聽。

孟聽從利才高職走出去，隔壁七中已經放學了。

兩所高中毗鄰，左邊是國立七中，裡面都是成績好的優等生，右邊的利才卻是私立的高職，裡面管理混亂不堪，但是有錢人很多。那裡是紈褲子弟的天堂。

兩所學校從建立開始，七中的人瞧不起利才的不學無術、成績垃圾，利才的瞧不起七中的窮光蛋、自命清高。

孟聽忍不住抬眸往自己學校的電子螢幕上看過去。

那年螢幕總是用來播報各種大事，紅色的字體滾動出現在黑色的螢幕上——B大著名教授張宏老師演講會，歡迎同學們參加，地點……

她眼睛一疼，卻連眨都不眨不肯閉眼。

後面的字體滾動出來：今日時間——二〇XX年，十月十一日晚間七點零三分，星期四。

不是在做夢，她真的回到了五年前。她短暫人生中轉折的這一年。孟聽幾乎有痛哭一場的衝動，最終看著寂寂無人放學後的校園，她握緊書包帶子往公車站走過去。

她回家的公車並不多，半個小時一班。孟聽從自己的包裡翻出了學生交通卡，在月臺前等待。

她等了十分鐘，把每一個停留點都看了一遍。這是回家的路，上輩子無數次想回家，這輩子終於得償所願。

然而車還沒來，遠處卻傳來山地摩托賽車刺耳的聲音，她緊握白手杖，睫毛輕顫，心中有種不祥的預感。

摩托車疾馳，割裂風聲。

賀俊明吹了個口哨，喲了一聲：「忍哥，那個在學校看到的瞎子。」

江忍安全帽下的眼睛掃了過來，然後車頭一轉彎，在孟聽面前停了下來。

孟聽忍不住後退了一步，風吹起她的頭髮，她的頭髮別在耳後，額前空氣瀏海略微凌亂。

江忍停穩了車，把安全帽取下來，賀俊明和方譚緊跟著停了下來。

孟聽記得這年的江忍。

這年他打了一個耳洞，上面別著黑色鑽石。他銀色短髮張揚不羈，落在別人身上是殺馬特，但是他長得好。

江忍長相頗有英氣，不是那種幾年後受歡迎的奶油小生長相，而是帶著野性和硬朗。他是實打實的不良少年。

賀俊明忍不住嘴賤問她：「七中的高材生同學，妳真是瞎子啊？」

孟聽不知道他們怎麼會停在這裡，聞言頓了頓，輕輕點頭。

江忍低頭看她半晌，目光從她長髮上略過：「七中的，來我們學校做什麼？」

孟聽心裡一緊，不知道怎麼在這裡也會遇見他，乾脆僵硬著不說話。

方譚挑眉：「還是個啞巴啊？」

孟聽抿唇，安安靜靜的模樣，又點了點頭。

她兩次點頭，都沒有回答江忍的話。他把安全帽往車頭上一掛，彎了彎唇：「高材生，上車我送妳回家唄。不收錢，關愛殘疾人。」

賀俊明差點噴笑，我靠哈哈哈關愛殘疾人！要不要扶著過馬路啊。

方譚也憋住了笑意。

孟聽緩緩搖頭，也不和他計較。

她站得很直，因為是秋天，裡面一件針織薄毛衣，外面是七中寬大的校服和校徽。雖然看不出她的身材，然而露在外面的脖子纖細、皮膚白皙，有種嬌弱的感覺。

江忍從口袋裡摸出打火機按著玩。

火苗在他眼前跳躍，他看著她，墨鏡占了大半邊臉。她緊緊握住白手杖，有幾分無措的羸弱，她在緊張。

「書包裡有什麼，拿出來。」江忍的目光落在她如玉的手背上，她很白，黑色的白手杖倒像成了一塊墨玉。

孟聽不想惹他，只盼著他快走，於是聽話地把書包拉開給他看。她其實也忘了書包裡會有什麼。

拉開拉鍊，裡面有一本物理書，一本英語書，一個筆袋，還有眼鏡盒、零錢包。最後還有一盒小草莓。

這個季節很難買到草莓，這是舒爸爸費了很大的勁從實驗室那邊弄來的營養液溫室草莓。就一小盒，他讓孟聽上學帶去餓了吃。

然而前世的孟聽捨不得吃，給了妹妹舒蘭。

「草莓拿來。」

孟聽手指顫了顫，一開始沒有動。

算了，沒關係，別惹他生氣。她白皙的手把草莓盒子遞了出去。

賀俊明他們都覺得納罕，又羞辱又搶她東西，她始終沒有憤怒生氣，脾氣好得不像話，有種和他們完全不一樣的氣息。

「離這麼遠做什麼，拿過來啊，難不成要我扶妳？」

孟聽抬起眼睛，不適應地眨了眨，看見他的方向，把盒子遞過去。

江忍低眸看她。

十月微風清涼，白皙的臉一大半都被墨鏡蓋住看不真切。她靠過來，他覺得自己聞到了淺淺的花香。

她把盒子放在了他車頭，然後退開遠離。

下一秒公車停靠。

孟聽拉好書包，一言不發地握住白手杖上了公車。她走得不疾不徐，彷彿從未遇見過他們，也沒有向車上的人揭發他們「搶劫」的罪行。

方譚一行人看得瞠目結舌。賀俊明忍不住小聲說：「忍哥欺負人家做什麼？」

瞎子欺負起來有成就感嗎？還是個小啞巴。

又啞又瞎，真可憐。

江忍用大拇指彈開那個透明的草莓盒子，也不在乎有沒有洗，拿了一顆丟嘴裡。

意外的甜。

賀俊明看得眼饞，也忍不住說：「忍哥分一個給我唄。」

江忍頭都沒回，連著盒子帶草莓，一起投籃扔進了垃圾桶，一擊即中。

「沒熟。」他說。

「……」

「……」

算了，不吃就不吃。

江忍長腿一跨上了車，安全帽也沒戴。

她能把草莓準確地放在他車上，真瞎？還是裝瞎？

孟聽回了家，她從零錢包摸出鑰匙，顫抖著手指開了門。她真的又能回家了。

客廳沙發上的少年聽見聲音回頭，見到孟聽，又冷淡地別過頭去看球。

然而廚房裡圍著圍裙的舒爸爸卻趕緊擦手出來，笑意溫和：「聽聽回來了呀，快洗手，準備吃晚飯了。小蘭沒有和妳一起回來嗎？不是說妳今天去看她表演嗎？」

再次見到已經去世的舒爸爸，孟聽忍不住紅了眼眶。

舒爸爸是孟聽的繼父，叫舒志桐，孟聽和媽媽出車禍以後，媽媽去世，而自己的眼睛受傷。舒爸爸一個人撫養三個孩子，卻從來沒有想過拋棄孟聽，反而對她視如己出。

舒蘭和舒楊是舒爸爸親生的異卵雙胞胎兄妹。

孟聽從前覺得自己在這個家裡很尷尬，所以努力懂事聽話，照顧比自己小兩個月的弟弟妹妹。但是現在她無比感激上天能讓她重來，有一次報答舒爸爸的機會。

她一定不會讓他再出事，讓他這輩子安享晚年。

她放下書包，想起舒蘭的事，輕聲道：「舒蘭說她在外面吃，她晚上有慶功宴。」

然而孟聽心中卻清楚，剛剛遇見江忍，也就是說，舒蘭依然失敗了。

不管是前世今生，江忍都不太喜歡舒蘭，也算是命運的巧妙之處。

晚上睡覺前她一摸書包，看見了自己滑稽的學生證照片。

舒爸爸為了照顧她的眼睛，孟聽的臥室是很暗的光。

這張照片還是高一入學時照的，那時候她的眼睛反覆感染，不能見一點強光，於是老師讓她蒙著白布照一張，然後讓人幫她P了一雙眼睛。

念過書的都知道學校的攝影技術，非常可怕。

那年P圖技術遠沒有幾年後精湛，這雙眼睛死氣沉沉，顏色不搭，分外不和諧，孟聽自己都嚇了一跳。

看久了，從高一到高二的同學們都以為，即便孟聽眼睛好了，也就長學生證上這個模樣。

孟聽把它妥貼地放進書包，並沒有嫌棄。她有些想念老師和同學們了。

第二天是週五。

孟聽喝完牛奶，舒志桐照常檢查了下她的眼睛。然後說：「爸爸以後只能週末回來幫你們做飯，研究所很忙，聽聽和舒楊以後就在學校吃飯可以嗎？」

舒楊嗯了一聲。

孟聽也點了點頭。

舒志桐又說：「舒楊好好照顧聽聽知道嗎？她是你姐姐，眼睛不方便，你們同個年級，不要讓人欺負她。」

舒楊說：「她不需要我照顧。」

「這孩子……」

舒志桐有些尷尬，隨後拉過孟聽，有些抱歉地說：「聽聽，別和他計較。」

孟聽笑著說：「不會，舒楊嘴硬心軟。」

舒志桐有些不好意思：「舒爸爸麻煩妳一件事。」

「小蘭昨晚沒回來，她說在同學家睡。她長大了，很多事情我不好管。我怕她在學校……」他頓了頓，最後想到女兒嘆了口氣，「我怕她早戀走歪路，妳這麼乖又懂事，多教教她好嗎？」

孟聽還是介意舒蘭上輩子放任自己死去。

如果不是因為舒蘭解開那條繩子，她不會死。更何況，她冒著危險下去是為了找山崩中失蹤的繼弟。她沒有弄清舒蘭解開繩子是為了什麼，但是心中總歸有根刺。

然而看著眼前這個為了兒女們身負債務兩鬢斑白的男人，孟聽什麼都說不出來了，最後點了點頭。

孟聽和舒楊一前一後往學校走。

他們都念七中高二，孟聽在一班，舒楊在二班。兩人都是班級第一名。

孟聽看著少年清瘦的背影，燒傷以後，是舒楊和舒爸爸堅持讓她治療，他們從來沒有放棄她。

舒楊的背影越來越遠，過馬路之前，他回頭看了眼孟聽，腳步停下來，默默等她。

兩人七點四十五一起到達學校，然後都安靜地走進各自的教室。

孟聽一進來，班上就有很多人跟她打招呼。

「早上好啊，孟聽。」

「早上好。」

這一年，孟聽是班上的英語小老師。

大家都知道她家境不幸，和母親一起出車禍，母親去世她失明。但是由於成績非常優秀，被原來的國中保送上了七中。結果次次考試第一，除了手術缺考那次，可以說是勵志典範了。

所以她拄著白手杖、戴著墨鏡上學，大家都沒有嘲笑她。甚至一開始就對她非常友好。

她隔壁桌是個戴眼鏡的男生。靦腆羞澀，平時不太和班上的人交流，讀書很努力，成績卻怎麼樣都上不去。

前桌的女生卻一臉興奮地回頭：「聽聽妳來啦！」

孟聽彎唇一笑，有些懷念，語調像三月的風一樣溫柔：「趙暖橙。」

趙暖橙幫她理了理被晨風吹亂的頭髮，對著孟聽忍不住放低了語調：「聽聽妳記得申請獎學金，表單已經發下來了。」她知道孟聽家庭情況不太好，很心疼這個不容易的女生。

「好。」

第一節課是唐曉麗老師的，她是國文老師，知性有氣質。

孟聽仔細聽著這些熟悉的知識，慢慢寫著筆記。

她握筆的手生疏，卻分外認真。

隔壁桌的男生洪輝忍不住看她寫了什麼，他求知若渴，成績上不去也很著急，恰好身邊的是第一名，他總是忍不住「偷偷取經」。

孟聽覺察了他的目光，把書露出來。

她乾淨柔和的氣質反而讓洪智不好意思了。他心想，怪不得那麼多人覺得孟聽人好，她真的很溫柔可愛。

一節課下來，孟聽總算找到了些念高中的感覺。

這一年七中因為沒什麼錢，桌子和風扇老舊，椅子不牢固，一晃就嘎吱響。

教室裡唯一嶄新的東西是教室前的多媒體黑板。

好在秋天並不用風扇，然而這些設施讓大家覺得差距很大。

畢竟隔壁高職早就裝上了空調及暖氣。

人家舒舒服服享受，他們夏天熱冬天冷，比不上。

有錢人和窮光蛋的差距就是這麼大。

第一節課下課，學校裡卻出事了。

外面一陣哄鬧聲，孟聽坐在凳子上，過了一下趙暖橙進來，一臉得知八卦的激動：「十四班的沈羽晴要去隔壁高職，她課都不上了，妳猜猜為了什麼？」

孟聽心裡一咯噔。

為了什麼？能為了什麼，當然是因為江忍。

果然，趙暖橙說：「她竟然是為了高職的一個男生。妳看她平時高傲的樣子，得了一個校花的名頭，誰都瞧不上，現在竟然要和一個高職的女生搶男朋友，搞不搞笑？」

後桌的劉小怡也聽見了，插話道：「那是因為那個男生大有來頭。」

七中的消息閉塞，江忍九月份入讀利才高職，在那邊名聲大噪，七中的好學生們卻鮮少知道他。

趙暖橙翻了個白眼，她不免也有些好學生的優越感：「能有多厲害，上天了不成？」

劉小怡聳聳肩：「還真快上天了，駿陽集團妳知道吧？全國最大的房地產公司，他家的。」

趙暖橙：「……我靠。」

劉小怡走在消息時代的前沿，忍不住又道：「上週他在課堂上把他們班導師打進了醫院，現在還是好好地待在學校。這樣的人，沈羽晴看得上也不奇怪。」

年少時，夠囂張也是種本錢。

班上許多同學圍過來：「他為什麼打老師？」

「哇膽子好肥，老師都敢打。」

「有錢了不起啊，這麼囂張，總有一天社會教做人。」

「這有什麼，不努力就繼承家產唄。」

一群人哄笑著說滾。

嘰嘰喳喳聲中，孟聽卻突然站起來。

趙暖橙連忙道：「聽聽妳去哪裡啊？」

孟聽皺緊了眉，本來這事與她無關，可她知道現在的校花沈羽晴要去找誰——她的妹妹舒蘭。

她已經不想管舒蘭，然而早上舒爸爸的囑咐還在耳邊。

舒爸爸老了，身體也越來越差。在實驗室工作有時候不注意，輻射就會擊垮他。他一輩子操心的就是兒女們，可以說他是為了孟聽而死的。

孟聽回過頭，跟趙暖橙說：「我身體不舒服，妳可以幫我跟老師請個假嗎？」

趙暖橙連忙點頭。

孟聽走到了校門口，警衛不讓她出去。她鮮少撒謊，然而想到接下來不遏制就會面臨的一切，她指指自己的眼睛：「叔叔，我眼睛不舒服。」

警衛認識她，學校裡出名的乖巧勵志女孩，連忙給她放行。

隔壁高職就好進多了，門禁形同虛設。孟聽走到高二八班的門口時，教室裡起鬨聲一片。

沈羽晴不是一個人來的，她有小姐妹團。

舒蘭也是個頭鐵的，孟聽走進去時還聽到她說：「即便妳是江忍女朋友又怎麼樣，誰不知道前天妳過生日，他去都沒去，後來扔了一個錢包給妳。」

沈羽晴自視甚高，然而戰鬥力也不弱：「他再不在乎我，我也是他正牌女朋友，妳才多大就學會搶人男朋友，還有沒有家教？」

旁邊的人一陣叫好。

原配現場撕小三，為了風雲人物江忍。簡直是一齣好戲。

孟聽進來時，所有人目光都落在了她身上，這身盲人裝扮太吸人眼球了。

她繞過人群，拉住還欲罵回去的舒蘭往教室外走。

舒蘭怒了：「妳來做什麼？我自己有數，回去念妳的書。」

別人審視的目光讓舒蘭羞恥，彷彿在說，妳姐姐是瞎子啊。

孟聽神色平靜：「舒爸爸早上對我說，他很擔心妳。他養我們不容易。」

舒蘭皺眉，還欲反駁。

「就算妳贏了沈羽晴，其他人會怎麼對妳。江忍連沈羽晴都不在意，會在意妳？」孟聽說，「妳讓我幫忙彈琴的事，妳朋友知道吧？妳保證她不會說出去？」

舒蘭這才一驚。

她昨晚沒回家，很多人看見她去找江忍了。虛榮心作祟，第二天果然有傳言說江忍喜歡她帶她出去玩了通宵，她也沒反駁，結果沈羽晴找了過來。

舒蘭猶豫道：「她們不會說出去的吧？」然而到底還是有所顧忌，她回去以後偃旗息鼓，跟沈羽晴說：「那是傳言，我昨天在林夢家睡的，她可以作證。」

林夢點頭。

「也是，也不看看妳自己什麼樣。」沈羽晴譏諷了一句，這才罷休。

走的時候沈羽晴特地看了教室外的孟聽一眼，這少女她知道，他們的年級第一，一班的孟聽，眼睛不好。

孟聽和舒蘭認識？

舒蘭總算沒有像前世那樣，為了虛榮心和沈羽晴硬碰硬。

舒蘭臉色不好看：「妳快回去吧姐，彈琴的事別被人發現了。」

孟聽轉身下樓：「我知道。」她和舒蘭的目的不同，但是同樣不想讓江忍知道彈琴的是自己。

十月的校園清涼。

利才的環境比七中好不只一倍，教學大樓和設施嶄新。這邊綠化好、學校大，比起來七中確實慘澹得要命。

她下了樓，穿過小路打算趕緊回去上課。

籃球擦過樟木飛過來，堪堪從她耳邊過去。

那邊的方譚一皺眉：「打到人了？」

江忍大爺似地沒動，賀俊明跑過來看見孟聽以後轉頭高呼：「忍哥，是昨天那個瞎子同學。」

江忍的目光看過來。

孟聽愣了愣，就往校外走。

江忍接過方譚手中的球，投籃姿勢一拋，球砸在了孟聽前面，彈跳很遠，她的腳步頓住。

江忍把手插進口袋裡，他穿著五號球衣，人高腿長，走過來也就兩分鐘。

他一腳踩住那個球，笑容泛著冷：「同學，看得見啊妳？」

不然停什麼停，瞎子哪裡知道危險。

他靠得很近，明明是秋天，因為運動，銀髮上有薄薄的汗水。樓上為他吵得熱火朝天，他卻毫不在意。

孟聽皺緊了眉，這年他身高一百八十七，比她高二十七公分，低頭看她很有壓迫感。

在他動手取她墨鏡時，她慌忙地用白手杖隔開了他的手。

實木白手杖沉硬，碰撞骨頭的聲音讓人膽寒。

在場幾個人都愣住了。

江忍臉上沒了笑意，他說：「我沒有不打女生的原則。」

賀俊明連忙拉住江忍：「忍哥，算了吧，她是個瞎子嘛。說不定是碰巧打到了呢。」

江忍有暴怒障礙，這是種難以克制的病情。誰都不太敢惹他，賀俊明見他臉上沒有笑意，也不敢再拉。

孟聽也知道。

空氣靜了許久。

孟聽有些害怕，低頭小聲道：「對不起，我眼睛不能見光。」聲音輕軟，像是江南最纏綿的風，透著股清甜。

江忍有片刻失神。

等他回神，她已經慌張走遠了，這次步子踉蹌，顯然信了他會打人的話。

十月秋色裡，她藍白色相間的校服背影纖細婉約。

賀俊明呆呆地道：「不是啞巴啊。」聲音挺好聽的，甜到骨子裡了。不過分嗲，卻意外甜。

江忍低頭看自己的手背，紅了一大片。

拿他媽的白手杖打人是真的疼。

方譚半晌後過來問道：「忍哥，你去碰她墨鏡做什麼？」

他沒聽到江忍說孟聽不瞎的話，憑著自己的認知說：「她是瞎子欸，萬一摘下來兩個沒有眼球的空洞直視著你怎麼辦？」他說著還比了個插雙眼的動作，太他媽可怕了，簡直辣眼睛。

江忍沒說話。

他看著她走遠，不知道為什麼，突然想起那盒他搶過來的小草莓。

既然不是啞巴，那她之前為什麼不願意和他說話，瞧不起他們高職的人嗎？

他狠狠一抹自己的手背，踐什麼踐啊，像他母親那樣的女人，至少還有本錢。

第二章　曖昧遊戲

下午放學前，趙暖橙在整理表格。

她是班上的活動股長，平時學校有什麼活動都是她在安排同學們參與。她的宣傳單子就放在桌子上。

「全國中小學生奧數大賽正式開始，歡迎同學們報名。」

那張大紅單子最矚目的卻是中央黑色字體：第一名獎金八千塊。

八千塊。

孟聽有些失神。這年八千塊不算少了，舒志桐研究所一個月的薪水也就六千塊，她自己的獎學金一年五千。

家裡其實挺窮的，為了自己眼睛的手術費，舒爸爸東奔西走，四處向親戚借錢。每個週末，都能見到親戚催舒爸爸還款。舒志桐只能好脾氣地笑著，又道歉又說好話，才一拖再拖。

後來就是因為拖不下去，孟聽又出了事毀容，舒爸爸才會去做最危險的輻射工作。

趙暖橙沒注意到孟聽的出神，邊收拾書包邊講八卦：「上次沈羽晴生日，聽說江忍沒去。然後剛剛不知道怎麼了，她說晚上江忍請他們班上的人去小港城玩。聽聽，妳知道小港城嗎？」

孟聽搖搖頭。

趙暖橙眼睛亮亮的：「我也沒去過，但是我知道那裡消費一次至少好幾萬塊。」她興奮過後又癟癟嘴，「大家都知道沈羽晴想炫耀，可是江忍真的好有錢啊，而且很大方。唉，誰讓沈羽晴長得漂亮，我們就沒這機會。」

孟聽垂眸，拿起那張表格，認認真真寫上自己的名字。

她知道這世界很不公平，有人隨便揮霍萬金，有人為了生活處處艱難。

「聽聽，妳要報名奧數啊？」

「嗯。」

「妳學過？」

「小時候學過一點，還有兩個星期，我多練習一下可以去試試。」

趙暖橙不由覺得孟聽真厲害。

孟聽心中嘆氣，畢竟八千塊呢，不行也得行。她要讓舒爸爸免於去做輻射實驗，第一就是不能重蹈毀容燒傷的覆轍，第二就是想辦法多賺錢。

然而她現在才十七歲，還在念高二。舒爸爸肯定不願意她為了別的事耽誤課業，但是比賽就不一樣了。

孟聽愣了愣，她看了眼奧數宣傳冊，突然知道該怎麼賺錢了。

她問趙暖橙：「除了奧數宣傳，還有其他的比賽嗎？」

「有啊，還有個英語演講比賽，但是那是暑假的了。」

孟聽有些失望。

趙暖橙想了想：「但是我聽說隔壁高職有很多這種項目，什麼唱歌跳舞彈琴，他們學校收了藝術生。但是聽聽……」趙暖橙看她，欲言又止，半晌才說，「算了，沒什麼。」

聽聽眼睛受了傷，怎麼可能會跳舞彈鋼琴之類的。

今天輪到趙暖橙做值日，七中的值日很簡單，等放學以後把黑板擦了，門窗關好就好。

孟聽幫著她一起。

兩個女孩子關窗時才發現不好，雷聲陣陣的，大雨說下就下。

趙暖橙暗罵了一聲，「聽聽，妳帶傘了嗎？」

孟聽沒有，趙暖橙也沒有。

這年七中沒有什麼愛心傘設施，孟聽因為要等趙暖橙，通常舒楊早就走了。

兩個女孩子去到一樓，看著漫天的雨幕，有些發愁。他們學校不讓帶手機，孟聽這年也沒有手機，她看了眼電子錶——晚上六點三十二分。

舒爸爸下班都晚上九點了。

趙暖橙也惴惴不安：「我爸下班了應該會來接我吧？」

話音剛落，幾輛跑車從校門口開進來。銀白色跑車炫酷，轉了個彎，到她們教學大樓停下。

為首是一輛超跑。

車窗降下來，孟聽看見了江忍那張臉。

他手搭在方向盤上，朝著孟聽看過去，孟聽低下頭，避開他的目光。

趙暖橙連忙拉著孟聽退後，心想警衛怎麼回事，竟然讓這群高職的開車進來了。

沒過多久，樓上傳來嬉笑的聲音，沈羽晴和幾個女生走了下來。

價值不菲的跑車，讓幾個女孩子的眼睛都亮了亮。

紛紛討好地喊道：「江少，賀少好。」

賀俊明挑眉：「美女們上車啊，別淋溼了。」

幾個女生分開上了車。沈羽晴坐在了江忍車上。

江忍腳踩在離合器上，黑色眸子突然朝著角落避雨的安靜女生看過去：「那邊的……」他還不知道她叫什麼，「上車，送妳去公車站。」

孟聽抬起眼睛，她暫時不適應這雙眼睛，用久了還是覺得疼。但是在黯淡的天幕下，她不用再閉上雙眼。

孟聽搖搖頭：「謝謝你，不用了。」

「上車，別讓我說第三遍。」他語氣已經隱隱不耐煩。

孟聽張了張嘴，沈羽晴倒是探出了頭：「妳是一班眼睛不好的那個同學吧，上車吧。」她語調歡欣，眼裡卻不是這樣。

後面的賀俊明也驚呆了，忍哥什麼時候這麼好心了，當真是關愛殘疾人？

孟聽知道江忍的性格，越忤逆他越來勁。她不上車，他腳一直不會鬆離合器。

江忍這年十八歲了，他留過級，比同年級的人大一歲，早就拿到了駕照。

所有人都看著她們，孟聽和趙暖橙只好上了江忍的車。

平時話多的趙暖橙膽小得跟隻小鵪鶉似的。

車上很安靜。

沈羽晴也知道江忍有暴怒障礙，平時不會自作聰明去惹他。

江忍開著車，好半晌，身後傳來軟甜的嗓音：「就在前面的月臺下。」

那聲音像是糅雜了最甜的蜜糖，又像是小時候去往的南方古鎮柔柔的水，只不過態度疏離冰冷。

江忍握緊方向盤，突然笑了聲：「真不瞎啊妳。」

他說著，一踩油門，那公車月臺在她們眼前錯過，孟聽這才有些慌了，她拿著橫放的白手杖有些不安。

她沒有惹他啊，他為什麼這麼討厭。

孟聽看向身邊的趙暖橙，趙暖橙一言不敢發，暴怒障礙很可怕的。

瘋起來……

一行人在小港城下了車。

外面雨聲陣陣，轉眼街道溼了透徹。夜晚來臨，都市霓虹閃爍。

小港城三個大字閃爍著耀眼的紫光。

孟聽下了車站在門口，小港城離她家挺遠的，她搭計程車回去的錢都不夠。

江忍把鑰匙圈掛在食指：「高材生，進去玩啊。」

他喊她們進去玩，並非是徵求意見的意思。

門口幾個魁梧的保全都認識他，彎腰喊江少。

江忍唇角笑意微涼，他的手背現在還疼。

不是瞧不起他們嘛，那就必須要一起玩玩不可了。

孟聽也知道他不達目的不罷休，只能和趙暖橙一起進去。

沈羽晴驚疑不定地看著孟聽，她身後的女生湊在她耳邊說：「羽晴妳別擔心，剛剛我問了賀俊明，他說那個瞎子打了江忍。更何況，她一個長得那麼醜的瞎子，江忍也不會看上她。」

沈羽晴的臉色才好很多。

比起外面略涼的秋意，小港城裡面溫暖許多。

孟聽沒有來過這種地方。

她的記憶裡，和江忍相處更多的是在她眼睛好了以後。他總是追著她跑，永遠不在意被她拒絕。上輩子江忍為了討她歡心，也不會強硬地讓她來小港城。

暖黃燈光布局，奢華柔軟的沙發，桌子上好幾個遊戲手把。

一個包廂，麥克風、紅酒、撞球，一應俱全。大桌子上還有飯菜和糕點，一群人先把飯吃了。

「忍哥，乾一杯啊。」

江忍和他碰杯。

飯桌上非常熱鬧，只有孟聽和趙暖橙格格不入。

江忍看向孟聽，她小口小口地吃飯，雖然看得出不自在，但坐得很端正。

桌子上大多數女孩子沾一點點就說自己飽了。她安安靜靜，在他們喝酒時就吃了一碗，然後放下筷子，沒再說話。

她身上有種氣質，讓人豔羨，卻也讓人想摧毀。

江忍率先彎了彎唇：「來玩遊戲啊，輸了有懲罰。」

他開了口，大家紛紛說好。

很簡單的遊戲，一個一個報數，輪到七或者七的倍數就拍手。這個進行起來非常快。

江忍看了眼孟聽，算好她的位子，自己報了一個十六。

後面的男生趕緊拍手。

輪到孟聽時，她應該是二十一，然而她並不知道自己也必須參與這個遊戲。

江忍點了根菸，靠在靠背上：「高材生，去摸懲罰啊。」

旁邊就是一個大箱子。

孟聽小聲道：「我不知道我也要參與。」她遲疑著，在所有人的目光下，輕輕拍了拍手，「這樣算嗎？」

場面一度安靜，賀俊明快笑瘋了：「笑死我了我的媽呀。」誰他媽遲了好幾分鐘再呆呆拍手的。

沈羽晴她們也笑個不停。

方譚看向江忍，煙霧朦朧中，江忍眼裡也是星星點點的笑意。

「不行，去摸紙條接受懲罰，玩不玩得起啊妳。」

孟聽臉蛋紅了，她也意識到慢半拍拍手有多搞笑。

她也看出江忍在耍她，沒打算放過她。

她遲疑著，最終還是在他們的起鬨聲中拿出一張紙條。

孟聽看清上面的字時，愣了一下。

旁邊的女生搶過去念出來：「和在場的某位異性對視十秒鐘。」

這下所有人都心道刺激。

孟聽是個瞎子欸，這種小曖昧遊戲，和誰玩誰覺得恐怖。

賀俊明見她不知道在看哪邊：「我靠我靠，妳別過來！」

眾人笑得肩膀亂顫。

趙暖橙眼睛紅了，也看出自己和聽聽在被羞辱，她咬牙：「你們別欺人太甚。」

江忍輕飄飄地看過來，趙暖橙嚇得連忙住口。

江忍的手搭在沙發上，腿肆意翹起，把菸按進菸灰缸：「過來啊同學。他們都怕妳，就只剩我了。」

孟聽不知道是誰推了她一把，她回頭，幾個女生都在捂著嘴笑，只有沈羽晴臉色不太好看。

孟聽知道今天要是不能讓江忍放過她，她大概連家都回不了。

她慢慢走過去，在他身邊坐下來。

江忍又聞見了那股香，雨打梔子後的純潔淡雅。

她有些忐忑不安，聲音透過外面的無數嘈雜，變得輕軟溫柔：「我眼睛不好，能不摘墨鏡嗎？」

他鬼使神差地說了句好，然後對上淺墨色鏡片後一雙朦朧的眼睛。她的鏡片離得近了，是可以看見眼睛形狀的。

怎麼形容那一刻的感受呢。

彷彿山巒黛色，雨後雲煙。只窺其形，就能看見朦朧的美麗。

十秒對孟聽來說其實很難，她正對著燈光，眼裡因為略微疼痛，泛起點點水光。

等到十秒鐘過去，孟聽狼狽走開，趙暖橙已經快哭出來了。

賀俊明離得近，顯然也知道不能再刺激七中那兩個女生，小聲問江忍：「忍哥，什麼感受啊，可怕嗎？」

江忍突然有些煩躁，推開他：「滾遠點。」

他起身，幾步走過去：「起來，送妳回家。」

別哭啊靠，不是沒凶妳嗎。

孟聽其實也沒哭，但是她眼睛很疼的時候，會流生理性眼淚。

江忍答應讓她們走，著實讓孟聽鬆了口氣。

方譚見形勢不對，趙暖橙已經小聲嗚咽了，也覺得他們玩得過火了，也連忙過去道：「我和忍哥開車送妳們回去吧。」他讓趙暖橙跟著他走。

趙暖橙已經害怕他們了，死活不肯動。孟聽輕輕拍拍她的手背，她才不放心地起身，畢竟她和孟聽的家不是同個方向。

江忍的車鑰匙在外套裡，他穿好外套跟孟聽說：「出來。」

孟聽跟在他身後走出去。

夜風染上幾分秋意，從溫暖的包廂裡面走出來，外面驟冷的氣息讓人顫了顫。

他人高腿長，步子也大。孟聽在他身後走得磕磕絆絆，卻一言不發。

小港城裡，沈羽晴卻白了臉。

一整晚，江忍都沒有看過她一眼。他們之間說是男女朋友，其實也不算，是她追江忍，他從頭到尾都沒怎麼表態。

同班的女生用手肘撞了撞她，沈羽晴這才回神，她顧不上穿外套就往外跑。

夜色空濛。

她跑出去時，江忍正回頭看著孟聽。

孟聽小心翼翼的，每走一步都是試探。江忍看得專注，沈羽晴不知道江忍是用什麼眼神在看孟聽，然而她心中突然生出一股說不清的危機感。

她自然比眼睛不方便的孟聽走得還快。

沈羽晴走過側門，跑到江忍身邊，然後伸手抱住他的腰：「江忍，你早點回來啊。」

空氣安靜了一瞬，江忍下意識不是看她，而是看向孟聽。

孟聽腳步頓住了。

小港城暖色的光讓她看上去分外柔和。

她握住白手杖，安安靜靜地別過臉。燈光打在她露出來的臉頰上，他才知道她皮膚很白。

孟聽有點尷尬，她不安地轉向小港城的海洋牆，那裡養了許多金魚。

從前她只從別人口中聽說過江忍和沈羽晴的事，那時候他們已經分手了。

江忍突然推開沈羽晴，對著孟聽說：「上車啊。」

沈羽晴白著臉，到底不敢說什麼，暗暗看了孟聽一眼才回去。

孟聽坐上他的車，這時候才晚上八點多，還有公車。

江忍讓她坐在副駕駛座上，孟聽自己繫好安全帶。

她和他待在一起時，總是沒有安全感，把白手杖握得緊緊的。

江忍問她：「妳家地址？」

孟聽僵硬了一瞬。

她不想和江忍扯上關係：「隨便一個公車站下車就可以了，謝謝你。」

江忍嗤笑道：「不想和我扯上關係啊好學生？」

孟聽趕緊搖搖頭，被他看出心裡想法，她耳根紅了紅。

「妳以為我稀罕。」江忍隨便找了個公車站，「下來。」

孟聽乖巧下車。

她心思靈巧，卻不知道他為什麼不高興了。有些怕他，便不敢說話。

雨還在下。

江忍就坐在車裡看她。

那年H市公車月臺沒有翻修，頭頂只有幾顆樹，雨點透過樹葉縫隙落下來，落在她的身上。

她知道他還在附近，不安地站著，卻沒有半點生氣抱怨的意思，很乖很乖。

江忍突然下了車，拉開拉鍊把外套脫下來，幾步走過去，蓋在她身上。

她從黑色外套裡抬起腦袋，受到了驚嚇，抬手就要用白手杖打他：「你做什麼？」

他也不知道自己要做什麼，江忍握住她沉硬的白手杖，忍不住笑道：「真當我脾氣好啊，再用這東西碰到我一次揍妳信不信？」

孟聽低頭，不敢說話了。

他比她高將近三十公分，居高臨下，看到了她的睫毛又長又翹，像是沾上水珠的蝴蝶翅膀，輕輕顫著，江忍突然很想看看她的眼睛。

他笑了：「喂，妳叫什麼呢好學生？」

孟聽不說話了，她巴不得永遠不認識江忍。

江忍從她的口袋裡抽出繫著藍色帶子的學生證。

孟聽反應慢了好幾拍，等她回過神，公車已經來了。

那件外套還保護著她的腦袋，有點淡淡的菸味。

「上車啊。」

孟聽猶豫了一下，最後還是把外套給他上了車。

可是她的學生證……

司機喊了一聲：「坐好啊小同學。」

孟聽只好靠窗坐下。

等車子開遠了，江忍的銀髮已經被雨點淋溼了，他低頭看了眼手中的學生證。

她叫孟聽。

江忍回去時，包廂裡的人在唱歌，見他進來，紛紛看向沈羽晴。

沈羽晴走過去坐在他身邊，幫他點了一根菸。她知道江忍不唱歌，於是柔聲問他：

「去打撞球嗎？」

江忍皺了皺眉，有些難以忍受她身上過於濃重的香水味。

他抽了幾口夾在指間的菸，去和賀俊明打遊戲了。

連著電子螢幕的手把模擬感極好，螢幕上反反覆覆出現英文「kill」。

沈羽晴幫他拿著外套，口袋裡的學生證掉了出來，她彎腰撿起來。

她認得七中的學生證，把照片翻過來，學生證上是一張少女的臉，精緻的下半邊臉，卻配上了一雙極其不協調、怪異的眼睛，總之稱不上好看。

上面寫著「高二一班，孟聽」。

江忍的口袋裡，怎麼會有孟聽的學生證？

沈羽晴咬唇，裝作不經意地把照片給賀俊明看：「我剛剛撿到了這個。」

賀俊明本來在打遊戲，一看差點噴了：「這是你們學校那個瞎子啊？」

沈羽晴點頭。

賀俊明：「哈哈哈哈我他媽要笑死了，她這個眼睛……」醜出天際啊。

他這嗓音，所有男男女女都圍過來看。

眾人立刻發出一陣哄笑，有個男生還一個一個傳遞過去。

「有眼睛還不如沒有呢。」

「好不協調啊，假的吧。」

他們本來還在笑，拿著照片起鬨的男生臉上突然挨了一拳，學生證被人搶過去。

那男生捂住臉：「忍……忍哥。」

場面一時安靜下來。

江忍的銀髮在光下有種冰冷的色澤，他眼瞳極黑，二話不說又給了那男生一腳，他毫無招架之力，倒在了地上。

賀俊明也慌了，連忙抱住了江忍：「忍哥別生氣，別生氣……」

江忍拳頭暴出青筋，有病發的徵兆，方譚見狀也拉住他的手臂：「忍哥。」

好半晌，江忍說：「滾出去。」

那男生連忙跑了。

江忍轉身對沈羽晴伸出手：「外套。」

沈羽晴也被嚇到了，戰戰兢兢地把外套遞了出去。

江忍把那張學生證放在口袋裡：「沈羽晴，分手。」

沈羽晴不可置信地看著他，「你說什麼？」

他把外套往肩上一搭，語氣漫不經心：「妳耳聾嗎？分手。」

女生們眼神複雜地看著沈羽晴，也有部分幸災樂禍的。沈羽晴今天的目的本來是炫耀，誰知道江忍直接甩了她。

沈羽晴咬牙：「江忍，你把我當什麼了，我……」

江忍輕笑一聲：「把妳當什麼，妳清楚得很啊，玩玩而已，誰會當真。」

沈羽晴從小到大成績不錯，長得也好看，自然也有高傲脾氣，她見那些落在她身上似有似無的打量、輕嘲目光，也拉不下臉去求江忍：「你別後悔。」

沈羽晴一刻也待不住，轉身跑出去。她的閨密連忙追過去了。

正主一走，剩下的女生也不好多待，於是好幾個男生提出送她們回去。

江忍摸到口袋裡的學生證輪廓，煩躁地抽了根菸。

他有菸癮，是因為有暴怒障礙。內心無法平靜時，只能借助外物來平靜。

賀俊明想了半晌，也沒搞懂忍哥怎麼突然打人和分手了？之前不是好好的嗎？

孟聽因為淋了雨，眼睛有些感染，舒志桐連忙陪她去醫院檢查了一遍。

醫生笑著說：「沒事，多注意就好了，畢竟雨水不乾淨。」

他在暗光下仔細看了看孟聽的眼睛，她乖巧配合地睜大眼。

孟聽的瞳孔不是黑色，而是淺淺的茶色，琉璃一樣純淨美麗。

醫生五十歲出頭，也覺得這小女生真漂亮，再長大一些，可能比電視裡最紅的女星都好看。

「敷個藥行嗎小同學？紗布包三天，好得快一點。」

孟聽習慣了眼睛反反覆覆折騰，也習慣了黑暗的世界，聞言點點頭。

於是墨鏡換成了白紗布，世界從灰色變成一片黑暗。

舒志桐很自責：「都是爸爸不好，沒有及時來接妳。」

孟聽輕輕道：「不是的，舒爸爸，是我沒有注意，以後不會了。」

舒志桐知道她懂事又聽話，只好點點頭。

他們回去時，舒蘭趴在沙發上打電話，不知道那邊說了什麼，舒蘭眼睛都亮了：「真的嗎？他們分手了！」

連舒爸爸和孟聽回來都沒聽見。

舒志桐臉色當場就難看起來：「小蘭，妳在講什麼！」

舒蘭慌忙回頭：「爸，姐。」她連忙掛了電話。

因為舒蘭這一句話，整個週末家裡都有種不太好的氣氛。

週一三個孩子去上學前，舒志桐說：「都不許給我早戀聽見沒有，你們現在才高二，念書為重，以後考不上好大學要辛苦一輩子的！要是誰被我發現了，就別認我這個爸了。」

舒志桐平時溫和，這種時候卻格外嚴厲。他一個一個看過去。

舒蘭趕緊道：「你說什麼呢爸，我不會的。」

舒楊沒說話，但是他性格沉悶，舒爸爸反而最放心。

晨露初初掉落，鳥兒躍上枝頭。

孟聽輕輕說：「我也不會早戀的。」

舒蘭腳步輕快地進了利才高職，孟聽因為要念書，只能提前把紗布取下，換成特製的眼鏡。

七中週一要舉行升旗儀式，每個班的同學都要在國旗下集合。

同學們嘰嘰喳喳地按照班級排好隊以後，會有儀容老師下來檢查。

首先是檢查校服著裝情況，七中有兩套校服換著穿，一套白色一套藍色，要是顏色穿錯了也不行。

除此之外，就是檢查學生證。

要是哪個同學沒有帶，會扣班級操行分。所以班導師樊惠茵管得很嚴，要是班級操行分被扣了，個人也會有相應懲罰。

趙暖橙和孟聽站在一起，她在孟聽前面。

教務主任拿著麥克風講話時，儀容老師也檢查到了高二，首先就是檢查一班。

一班後面兩個男生校服穿錯了，一下子就被拎了出來。樊惠茵臉色不太好看，跟這群學生強調了很多次，總有幾個不省心的。

趙暖橙閒不住，本來想偷偷找孟聽聊個天，結果回頭看到孟聽沒有把學生證掛在脖子上，趙暖橙嚇了一跳：「聽聽妳的學生證呢？老師要過來了。」

孟聽垂下眼睛：「弄丟了。」

「這可怎麼辦，沒帶學生證要扣零點二分的，樊老師肯定會生氣。」

孟聽輕輕抿唇，那也沒有辦法，她寧願受罰，也不會找江忍把學生證拿回來。

然而急也沒用，儀容老師走出來：「同學，妳的學生證呢？」

這下所有人都看了過來，大家臉上露出吃驚的神色，畢竟這是孟聽。

孟聽平時從來不犯錯，她是一班的第一名，因為安靜溫柔，存在感並不算很強，但是出了名的讓老師喜歡和省心。

而今天，沒帶學生證的竟然是她？

樊惠茵也愣了好久，臉色變來變去，最後嘆了口氣。

孟聽爭氣，保送進來以後，哪怕眼睛不方便，也一直考第一，還是她的小老師。樊老師自然是喜歡她的，然而規矩不能廢，她回到班上把所有違紀的同學都罵了一遍。

下面竊竊私語：「劉允和李逸龍違紀正常，孟聽怎麼也讓我們班扣分了？」

「可能忘了帶吧。」

「那她放學豈不是要一起去跑步？」

「一千五百公尺呢，她眼睛不會有事吧？」

「不知道。」

樊老師果然說：「放學以後，扣分的三個人圍著學校周邊跑一千五百公尺，班長去監督一下。」

班長叫關小葉，平時成績也不錯，出了名的較真，連忙應了聲好。

放學後孟聽和另外兩個受罰的男生還有關小葉一起去了校門口。

關小葉背著書包：「好了，你們跑吧。」

李逸龍笑嘻嘻說：「班長，不然孟聽就別跑了吧，她眼睛不方便，摔倒了不太好，我們大家都不說沒人知道。」

關小葉板著臉：「不行，都要跑，她沒帶學生證。」

劉允和李逸龍嘖了一聲。

孟聽放下白手杖：「沒關係的，我可以。謝謝你啊，李逸龍。」

李逸龍倒是不好意思了，他本來就是班上最皮的那一類學生，那些班上好成績的學生和他們涇渭分明，嘴上不說，心裡卻是睥睨、瞧不起的。

孟聽是第一名，卻有種讓人很舒服的氣質。

三個人開始跑。

孟聽記得這條路。因為操場放學了會有籃球賽，所以他們都被安排在這邊跑。七中和高職之間空出了一條寬道，恰好可以拿來跑步。一千五百公尺不算短，體能不太好的會很受不了。

孟聽跑了八百公尺，呼吸開始有淡淡的刺痛感，她調整了下氣息，然後往回跑。

她眼睛不太好，因此跑起步也是不緊不慢的。那時候李逸龍他們早就跑完離開了。

江忍和賀俊明他們騎著摩托車過來時，一眼就看見了前面的孟聽。

說來奇怪，她身上穿著七中的校服，在人群裡本來應該是找不到的，可他就是一眼就看見了她。

她跑得很吃力，頭髮被束成一個馬尾，揚起細微的弧度，白皙纖細的脖子露了出來。

賀俊明見江忍停了車，也跟著看了過去。一看孟聽慢吞吞的跑步動作，簡直笑得不行：「她這是跑還是挪呢，我走得都比她快。」

江忍也忍不住彎了彎唇。

方譚想了想：「他們七中經常會有人在這邊跑步，聽說是違反紀律。」

這下一行人都有些好奇。

「她會違反什麼紀律啊？」

賀俊明不確定地猜：「早戀？」

江忍回頭，一巴掌拍在他腦袋上：「早你媽的戀，你以為是你。」

賀俊明一臉愣住，他怎麼挨打了，他就猜猜而已不行嗎？

江忍銀髮燦爛，嚼著口香糖，隨便點了個男生：「你過去看看。」

那男生得了命令趕緊跑過去，沒多久他笑嘻嘻地回來了：「忍哥，我問了那邊那個女生，他們七中有病嗎，不穿校服要罰跑，沒帶學生證也要罰跑。還是我們學校爽，這什麼傻眼破規矩啊。」

江忍臉上的笑意漸漸沒了，他黑瞳泛著幾絲冷，突然下車走了過去。

賀俊明這次死活不做出頭鳥了，還是方譚開口問：「忍哥怎麼了？」

不像是生氣，卻也完全算不上開心。剛剛不是還好好的嗎？

孟聽跑完時，已經上氣不接下氣了。

關小葉嘀咕著：「妳怎麼這麼慢啊，我等了好久了。」

孟聽輕輕喘著氣：「抱歉，耽誤妳時間了。」

關小葉這才收拾書包走了。

孟聽跑完一千五很累，她也不介意旁邊的石頭髒，抱著膝蓋坐上去調整呼吸。她三年沒鍛鍊，原本很好的身體素質變差了。

以前練舞時，跑兩千公尺都不會這麼難受。

呼吸好不容易順過來了，頭頂一片陰影，脖子被掛上來一個東西，是她的學生證。

孟聽抬眸就看見了江忍。

江忍單手插在口袋裡，低著頭看她，他面無表情，心情似乎很煩躁。

「孟聽。」

她倉皇起身，有些疑惑地應：「嗯？」

「我欠妳的啊？妳怎麼這麼蠢。」

孟聽不知道該說什麼，他一個沒一科及格的人，是怎麼說出她蠢這種話。她憋了半晌，在他不太好的情緒中軟聲應：「對不起呀。」

她明白江忍霸道不講理，雖然不知道他在怒什麼，但是不招惹就對了。

他的煩躁無從發洩，莫名平息不下來。

「妳這麼討厭我？瞧不起我？」他早就發現了，孟聽不太喜歡和他說話。

他聽說她是高二一班的第一名，一班本來就是為了考上好大學劃出來的資優班，她們這種資優生，總瞧不起他這種不學無術的人。

就連沈羽晴這樣的人，也總有種自己是七中好學生的優越感。

孟聽不說話了，她低頭，默認了這個問題。

江忍冷笑了聲：「妳他媽有什麼資格瞧不起我，我好歹四肢健全。」

這就是譏諷她眼睛不好了。

孟聽沒有生氣，她眼睛過一個多月就好了。

她拿起自己的白手杖往回家的路走，步調從容，一步一步，卻讓他心裡下刀子似的。

江忍看著她的背影，一腳踹在她坐過的那塊石頭上。

靠！誰他媽還稀罕妳喜歡了，不過是一個又醜又蠢的瞎子。

然而越那樣想，心裡難受得越厲害。

他媽搞外遇那年，他就告訴自己，越是這種才華橫溢、清高的女人，就越絕情狠心放蕩。

所以他看著如沈羽晴那樣的女孩倒貼過來，像看跳梁小丑似的。

他不像他那個又蠢又癡情的爸，錢給了人家，心給了人家，還被人送上一頂綠帽子。

他也永遠不會喜歡這類女人。

漂亮、才華橫溢、優秀努力，在很多年裡，都成了他最討厭的一類女生。

何況孟聽和漂亮根本不沾邊。

賀俊明半天不見忍哥過來，只好去找他。

江忍靠在牆邊抽菸，從這邊路過的七中女生都悄悄看他。

她們小聲又興奮地議論道：「啊，那就是江忍啊……」

「長得挺帥的。」

「別想了，聽說他超級凶……」

「噓，有人過來了。」

賀俊明瞥了眼她們：「想死啊？」

女生們嚇得一溜煙跑了。

賀俊明這才過去：「忍哥，還去打遊戲嗎？」

江忍不在意道：「去啊。」

「那個小瞎子惹你生氣了嗎，不然我……」

江忍突然抬起眼睛，片刻後他率先轉身走了：「再提她一次弄死你。」

人家都擺明了不喜歡他，他要是再找孟聽一次，那他媽就是犯賤。

江忍他們玩的真人競技遊戲那年還沒有紅起來，但是這群有錢人會玩，大型娛樂場所裡面可以玩得很刺激。

江忍換上黑色戰甲裝備時，好幾個女生都看了過來，少年銀髮奪目，身材很好。他長得高，還有結實勁瘦的肌肉。

江忍把槍扛在肩上，率先進入戰地。

何翰才進去一分鐘，心臟就中了模擬器一槍。

大螢幕上播放銀髮少年潛伏在草叢中，他黑瞳幽深的冷靜模樣，讓好幾個觀戰的女生都尖叫了一聲。

江忍拿了一血以後，把方譚也殺了。方譚嘆了口氣，認命地出去觀戰。

賀俊明聽到好幾聲響，魂都要嚇飛了。他也不知道誰死了，盡量畏縮躲著，抬眸就看見了面無表情的江忍。

江忍抬起手，賀俊明：「別呀我靠，我們是隊友啊忍哥！」

江忍給了他好幾槍。

大螢幕上血紅的大字——died。

方譚終於看出不對勁，何翰也道：「忍哥心情不好啊？」出來的時候不是好好的嗎？

方譚突然想起了孟聽，他有個很可怕的猜想：「江忍該不會是……」

「什麼？」

殺。」

「沒什麼。」

方譚換了個話題：「他剛分手，心情不好吧。」

何翰抓抓頭髮：「他真對那個沈羽晴上心了啊？」

賀俊明出來時快崩潰了：「我靠老子不玩了，被血虐就算了，忍哥瘋起來連隊友都殺。」

他剛吐槽完，一個女生抬眸看過來，對上賀俊明的視線，她紅著臉笑了笑。

那女生長得很漂亮，賀俊明當場覺得臉發熱。

他走過去，手撐在吧檯上：「美女，過來玩嗎？」

女生點點頭，和他聊了一下子，才問道：「江忍呢？」

賀俊明神經粗：「換衣服。」

那女生過來時，何翰也吹了個口哨，然後小聲跟方譚說：「她找忍哥的吧。」

方譚看了她一眼：「長得還行，比不上沈羽晴，但是還可以。」

江忍一出來，就看見賀俊明在招手，他坐下來，對面一隻細白的小手幫他點了支菸遞過去，他懶洋洋地抬眸，就看見了盧月期待的雙眼。

何翰說：「嘖，美女上道啊。」

江忍披好外套，卻沒接。

那個女生有點尷尬，卻很快地緩過來了：「你好呀江忍，我叫盧月，七中高三一班的。」

比孟聽大一屆，算是她學姐。

江忍靠在沙發上抬眸看她，他運動過後銀髮上有薄薄一層汗：「七中的？」

盧月沒想到他會理她，連忙點頭。

「你們學校一班的學生是年級資優生？」

「對。」

江忍突然起身，逼近她。他身高迫人，近看有種別樣野性的帥，盧月忍不住紅了臉。

「七中一班，怎麼看我這樣的高職生？」

盧月愣了愣，半晌才道：「只是學校不同，大家都是平等的啊。」

江忍突然笑了：「滾。」撒謊。

他坐回去，盧月咬唇，不知道自己的回答哪裡得罪了他，只好先離開。

賀俊明看著她的背影，小聲跟方譚他們說：「我覺得盧月挺漂亮挺有氣質的啊。」

江忍的目光穿過競技叢林，不知道落在了哪個地方。

方譚沒說話，恍惚記得，孟聽也是一班的，高二一班。

他心中突然有個大膽的猜測。

孟聽好幾天沒有遇見江忍，她鬆了口氣，心想很多事情都和上輩子不同了。

上輩子她和舒蘭被爆出來李代桃僵的事，自己焦頭爛額。等到謠言平息得差不多了，她眼睛也好了，醫生說她不用再戴墨鏡上學。

她眼睛剛好的那天，舒蘭卻出了事，在女廁所被人潑了一身油漆。

孟聽都來不及去自己的學校，就去隔壁高職接妹妹。她用外套包好舒蘭，護著她走出去時，恰好遇見江忍。

那時候天氣舒朗，少女容顏純淨美麗，膚色雪白。

他只看見了一個側顏，目光有片刻凝滯。

等她經過他身邊，江忍突然笑了：「喂，妳是那天彈琴的人？」

她抬起眼睛，對上漆黑的雙瞳。

孟聽知道妹妹喜歡他，以為他譏諷她們的可笑，於是輕輕道：「對不起，你讓一讓可以嗎？」

許久後他笑道：「好啊。」

那其實才是他們的初見。

孟聽一直以為他好說話，直到後來見識到他的偏執，她才知道她對他的認知錯得有多離譜。

然而這輩子相遇太早，她眼睛也還沒好。

孟聽覺得，江忍大抵是討厭自己的，她反而鬆了口氣。

這幾天她都在為奧數比賽做準備。

趙暖橙看她一下課就練題，忍不住問她：「妳不累嗎聽聽？」

孟聽搖頭，八千塊呢，不累。

後排的劉小怡在吃餅乾，聞言分給了趙暖橙一塊，然後說：「雖然孟聽很厲害，可是聽說盧月也要參加。她每年都是冠軍。」

趙暖橙倒是知道盧月：「高三那個嗎？」

「嗯，長得蠻漂亮的。」劉小怡來了興致，「我聽我表弟說，她和江忍在一起了。」

教室裡吵吵嚷嚷的，趙暖橙瞪大眼睛：「不是吧，真的假的啊？」

「那還有假，前兩天有人看他們走在一起了。」

「我靠興奮，江忍剛和沈羽晴分手吧。」這下所有人都圍過來聽八卦了。

趙暖橙回頭看孟聽。

孟聽用直尺在白紙上畫了一條細線，她垂下長睫，一言不發。

趙暖橙嘀咕道：「聽聽妳怎麼對這些都不感興趣啊。」

孟聽彎了彎唇：「嗯。」

奧數比賽就在十一月份，恰好是感恩節那天。

學校裡舉行過一次初賽，孟聽順利晉級了。第二次比賽卻在市中心，因為盧月最近成了緋聞人物，所以竟然惹得大家空前關注這次奧數競賽。

甚至有人說，盧月比沈羽晴強多了。又是學霸長得也不錯，全國中小學奧賽挺難的，盧月每年都能拿第一，讓不少人佩服不已。

而去年因為有人作弊，今年主辦方說，大家公開比賽，第一次在室外比，在畫板架上答題。這讓所有人都覺得挺新奇的，恨自己沒去湊這個熱鬧。

「不用說啊，盧月今年肯定又是第一。即便為了在江忍面前出風頭，她也會好好比的。」

不到兩個月，七中幾乎所有人都認識隔壁高職的江忍了。

帥、有錢、桀驁不馴，每一樣都能成為爆點。

孟聽也聽見這些話了，然而她沒放在心上，她練習了許久，每天除了上課吃飯和睡覺的時間，都花在奧賽上面了。

只要得了名就有獎金，只不過第一名會多很多而已。

感恩節前夕是週五，孟聽在公車站遇見了江忍他們。

他們似乎蹺課去山道賽車了。

他開著敞篷跑車，占用了公車道，等車的學生紛紛看過去。

江忍朝這邊看過來，孟聽往站牌後躲了躲。

這時候賀俊明也降下車窗，向著外面吹了個口哨：「盧月。」

孟聽回頭看，盧月果然也在。

盧月走過去打招呼：「賀俊明……江忍，你們好啊。」

賀俊明說：「送妳回家啊。」他們這群人不刁難人時，倒是挺大氣的。

盧月猶豫了下：「我明天要去奧數比賽，比賽開始時間挺早的，我去比賽地點附近住飯店。」

學渣賀俊明數學都考不到幾分，奧數就是個天書，聞言只好道：「厲害。」

盧月的目光忍不住落在江忍身上，她笑容燦爛：「我拿冠軍給你們看。」

江忍沒應話，往站牌後看了一眼。

孟聽安安靜靜地站在那裡。

就像那晚面對他和沈羽晴，她有些許尷尬，卻不是因為在意，只是因為性格羞澀使然，撞見別人談戀愛而已。

他手隨意搭在車窗上，有些出神。

他想起了在小港城那晚看見的一雙朦朧美麗的杏眼輪廓，那種看上一眼就驚心動魄的感覺，至今想起來都悸動。

孟聽沒有帶白手杖出門了，她的眼睛慢慢轉好，平時不會很痛，自然也不用常常閉著眼睛。

十一月的秋天，她裡面穿了一件白色的針織衫，外面依然是七中那件老氣橫秋的校服外套。再往下就是簡單的板鞋，鞋帶交錯繫好。

因為她眼睛不好，總是使得周圍人用怪異的眼神看她，她卻不太在意。

孟聽的長髮束成馬尾，因為等久了車，空氣瀏海在秋風中輕輕擺動，有種難言的清純雅致味道。

她抱著一本書。

江忍因為多年的不學無術，視力好得出奇，他看見那上面寫了《奧數知識大全》。

孟聽覺察了他的目光，不知道他在看什麼，抱著書的手緊了緊。

江忍突然轉頭問盧月：「妳比賽是什麼時候？」

盧月愣了愣，回答道：「明天早上九點鐘。」

「在哪裡？」

「市中心豐華街，藝術館那邊。」

江忍嗯了聲，別的也沒多說，開車走了。

賀俊明覺得奇怪：「忍哥，你要去看啊？」

他笑笑：「去啊。」

去犯賤。

第三章　奧數比賽

與盧月不同，孟聽沒那個錢住飯店。

她只能選擇起早一點，奧數比賽九點鐘開始，孟聽去到比賽地點要一個小時四十分鐘，她六點就起床了。

因為是週末，舒志桐也沒去上班，家裡靜悄悄的。天還沒大亮，孟聽穿好衣服出門，看見客廳裡模糊的人影，她愣了愣，才發現那是繼弟舒楊。

舒楊放下水杯，也看了孟聽一眼，然後兀自回房間了，並不關心她去哪裡。

舒楊一直是這樣的態度，以至於孟聽上輩子以為他特別不待見自己。

她對他友好笑笑，背著書包出了門。

孟聽坐公車過去，她到的時候八點二十分，來參加比賽的人還很少。藝術館零星幾個工作人員看見她有些意外：「小女生，妳來參加比賽啊？」目光忍不住在她的盲人墨鏡上看了眼。

孟聽應是。

他們笑笑：「還早呢，別人都還沒來，妳只能等等了。」心裡卻多了一絲讚賞，提前這麼早來，至少證明很在意。

孟聽靠在角落，從包裡摸出書接著看。

八點四十幾分，人陸陸續續來齊了。都是些學生，由於他們是高中組，所以大多是十七八歲的少年少女。

大家各自坐在休息的地方閒聊，突然間人群吵嚷起來。

孟聽抬起眼睛，看見了江忍。

那時候十一月，藝術館的小噴泉後面太陽初升，在朝陽下成了七彩的美麗。

江忍一行人騎著山地摩托車，他穿著黑色外套，銀髮奪目，耳上黑色鑽石割裂光，手腕上一副運動護腕，成了最耀眼的存在。

裡面參加比賽的，大多是成績很好的學生，哪裡見過他們這群像小混混一樣的人。

他們很像是來砸場子的，保全也不讓進。

江忍把安全帽掛在車上，下了車，他眉眼有幾分痞氣：「怎麼，不讓進啊？」

保全只能說：「這裡在舉行比賽。」

裡面也嘰嘰喳喳吵開了。

「混社會的吧？來這裡做什麼啊？」

「哈哈總之不可能來比賽。」

有個戴眼鏡的男生小聲說：「要賣弄就開車啊，騎什麼摩托車。」

那年摩托車已經普及，然而十幾歲的少年，還真沒幾個人買得起小車。

另一個男生有些無語：「你讀書讀傻了吧，沒見識別瞎說，他那山地摩托車抵得上一輛超跑了。」

戴眼鏡的男生顯然不信，卻有不少聽見這話的人看過去。

賀俊明也沒想到這鬼地方還狗眼看人低，他啐了一聲，剛要罵人，方譚把他拉回去：「低調點，今天不要鬧事，別惹忍哥不高興。」

賀俊明秒退縮。

江忍點了根菸：「來找朋友的，她在比賽。」

保全說：「你朋友是誰？」

江忍的目光透過玻璃門窗，落在孟聽身上。

她就坐在角落，是離他最近的地方。

他第一次見孟聽沒穿七中校服。

因為早上比較冷，她穿了一件淺黃色的針織衣，衣領上一朵小薔薇蜿蜒，綠葉纏住枝椏，倒是莫名有幾分柔軟清麗的感覺。

她見他看著自己，呆了一下，似乎生怕和他沾上關係，趕緊轉過頭去。

他忍不住笑了笑。

保全見江忍不說話，更不可能放他們進來了。

部分家長是可以進來的，但是江忍他們抽菸、染髮，一看就是不良少年。

盧月推開人群跑出去，跟保全說：「叔叔，他們是我朋友，能讓他們進來嗎？」

賀俊明喜笑顏開：「盧月，我們來幫妳加油。」

盧月忍不住朝著江忍看了眼，心中泛出喜意。

江忍皺了皺眉，沒說話了。

保全猶豫了下，盧月說：「我是前幾年的冠軍，我朋友難道不可以幫我加油嗎？」

她語氣之間，帶著淡淡的得意。

保全們經過商議，最終點點頭，然後轉頭跟江忍他們說：「進去可以，手機關機，不要吸菸，不許喧嘩。」

賀俊明有些無語，那進去是坐牢嗎？幾個小時的比賽，他們又看不懂。

他剛想說，那不進去了，忍哥我們在外面等吧，結果就看見江忍把菸頭按在噴泉池上，然後扔進垃圾桶，手插進口袋裡走進去。

他身上氣場很強，一看也不是什麼好人，裡面的好學生們紛紛讓路給他。

賀俊明：「啊？真去啊？」

方譚：「江忍進去了。」

何翰半天反應不過來：「這個有什麼好看的？」

說是這樣說，幾個人抽完了菸，還是跟進去了。

賀俊明忍不住一樂：「這些妞長得不怎麼樣啊。」

何翰噴笑出聲：「也許是腦子好用，別的地方就不好使了。」

賀俊明笑得不行。

在賀俊明的認知裡，又學霸長得也美的，確實很少，由此可見，盧月算是佼佼者了。

身邊傳過來淺淺的菸味，孟聽愣了愣，然後轉過頭去，江忍翹著腿在她身邊坐下了。

他外套拉鍊沒拉，手插在口袋裡，有幾分惹人討厭的痞氣。

孟聽離他這麼近，非常不自在。

江忍的存在感很強，許多人在看這邊，她只好裝作不認識他，又低下頭去。

她坐在玻璃窗前，雙膝併攏，書攤開放在腿上，陽光照進來淺淺一片金色。

「喂，好學生，見了熟人也不打個招呼，這麼冷漠啊妳。」

他靠得很近，孟聽闔上書，半晌才小聲道：「不熟。」

他忍不住笑了。

江忍彎了彎唇：「知道我叫什麼名字嗎？」

孟聽抿了抿唇：「江忍。」

她聲音輕軟，有種指尖拂過春水的柔和。

他愣了許久，笑開：「嗯。」

說來怪異，彷彿心裡積累許久的鬱氣突然輕輕鬆鬆就消散了。

賀俊明他們這時候進來，看見孟聽十分驚訝：「小瞎……孟聽，妳也比賽啊。」

孟聽點點頭。

盧月跟著過來，目光也落在孟聽身上。她並不認識孟聽，看見她的眼鏡時眸光微閃：「妳是七中高二的同學吧？」

孟聽見盧月主動打招呼，只好道：「學姐妳好。」

盧月說：「比賽的時候，不允許戴手錶和墨鏡。學妹，妳提前取下來吧。」

孟聽搖搖頭：「謝謝，但是我眼睛不好，這不是墨鏡。是……」在盧月漸漸愉悅的目光下，孟聽平靜地說，「盲人光感保護類的眼鏡。」

盧月見她沒有自卑的意味，旁邊的江忍也沒有覺得奇怪，輕輕皺了皺眉。

九點整，比賽正式開始。

參賽者都換了位置，去到藝術館前面的桌子坐好。家長還可以在休息區這邊觀看。因為是第一次開放比賽，每個人面前都有畫架。

主持人說：「全體保持安靜，不得有任何作弊行為，一經發現會嚴厲處置，比賽正式開始，你們有一百五十分鐘的時間作答，答題現在開始。」

比賽一開始還好，家長們都關注著自己的孩子。

可是進行到中期，賀俊明快瘋了，他吐槽道：「靠，比坐牢還難受，老子受不了了。」他摸出手機準備開機。

江忍漫不經心地把他的手機搶過來：「老實點。」

「……」

賀俊明轉頭：「鐔子，何翰，划拳嗎？」

方譚說：「傻子。」

何翰也說：「不玩。」

賀俊明覺得人生寂寞如雪，他只好往比賽場上看，兩個熟人，盧月和孟聽都坐得很遠，只能看見端正的背影。他突然來了興致：「你們說誰會贏啊？」

方譚看了眼江忍，不說話。

「來賭一個唄，輸了的……」他眼珠子轉了轉，「今天不是感恩節嗎？外面在賣外國人那什麼香草冰淇淋，輸了的就去買給贏家吃啊。」

這個倒是有點意思。

方譚說：「我覺得盧月會贏吧。」

何翰想了想：「不是我瞧不起孟聽，這比賽聽說挺難的，盧月說她學了將近八年，好幾年的冠軍了，我也覺得她會贏。」

賀俊明嘴角一抽：「不是吧，都覺得盧月贏，那還比個錘子。鐔子，你壓孟聽唄。」

「你自己怎麼不壓？」

賀俊明最後看向江忍：「忍哥……你覺得誰會贏？」

江忍目光轉向窗外粉色的冰淇淋店，半晌懶懶地道：「隨便。」

賀俊明沒辦法，硬著頭皮壓了孟聽。他心想，唉算了，輸就輸，圖個樂子。

十一點半時，大家都交了卷。

能進入到總決賽的人數本就不多，高中組一共五十五名同學，十分鐘後比賽結果就出來了。

主持人帶著笑意：「同學們辛苦了，經過兩個多小時的奮戰，現在一二三名的名單都在我手上，大家期待嗎？」

休息區已經開始吵吵嚷嚷了，學生們哪怕心中緊張，面上看起來還是挺淡然的。

主持人賣夠了關子，打開手中的卡片，目光往大家身上掃過去：「現在我宣布，本屆中學生奧數大賽的第三名是，方迪同學！一百三十二分。」

一個男生站起來，眼中流露出喜悅，鞠躬以後坐下了。

主持人笑著說：「那麼第二名呢。」

孟聽抬起眼睛。

「她的名字想必大家很熟悉了，年年拿獎呢，恭喜盧月同學，一百三十六分。」

盧月不可思議地看過去。

她每年都是冠軍，這次……怎麼會是第二？她臉色瞬間變了，站起來草草鞠了個躬，如果她是第二名，那誰是第一？

「本屆比賽第一名。」主持人頓了頓，「孟聽同學，一百四十二分。」

孟聽站起來，她也沒有想到真的能成功。

她心跳有些快，八千塊啊……

下面的賀俊明也是一臉愣住：「我靠……我贏了？」

方譚和何翰也愣住了。

賀俊明：「她這麼厲害啊我的天。」

江忍意味不明地笑了聲。

何翰說：「忍哥你去哪裡啊？」

江忍沒有回答他的話，逕自走了出去。

主辦方非常乾脆俐落，當場讓前三名上臺領取獎勵。每個人都拿了相應的證書，還有一張金融卡。

盧月站在孟聽身邊，臉色不太好看。

她拿了好幾年第一，本來以為今年也十拿九穩，可是卻被孟聽拿了。

說來也是盧月心態的問題，她心思都在江忍身上，看書都是漫不經心的，往年還能考一百四十分，今年只有一百三十六，到底年紀不大，心思顯露得很明顯。

上臺時盧月已經調整好表情了，笑著對孟聽說：「恭喜學妹啊。」

孟聽不擅長說客套話，聞言也輕輕道：「謝謝，也恭喜盧月學姐。」

盧月心中冷笑，不就是得了第一嗎？孟聽這種人，她從小到大見多了，貧窮樸素，像是灰撲撲的塵埃，除了成績過得去之外一無所長。

而盧月呢，她漂亮、家境優渥，成績好只是讓她錦上添花的東西。她擁有的，孟聽一輩子也得不到。

唯一讓她難堪的是，之前在江忍面前說拿第一給他們看，現在卻成了第二。

攝影師拍完合照以後，同學們就各自回家了。大多數家長都在安慰失敗的孩子，然後一起走出藝術館。

孟聽走在最後面，她還背著淡藍色書包。

那時候已經中午了，豔陽高照。

日光高懸，她不由垂眸，手輕輕搭在額前。外面掛了無數彩色的氣球，在慶祝感恩節的到來。

一隻修長有力的手出現在她眼前。

少年還帶著黑色皮質手套，他拿著一個粉色冰淇淋：「孟聽。」

她嚇了一跳，抬起眼睛看他。

他笑了：「看我做什麼，拿著啊。」

孟聽不太待見他，不想接他東西，她看著自己腳尖：「我可以不要嗎？」

「再說一句試試。」

他真的很凶。

孟聽沒辦法，伸手接過來。

那年國內並沒有流行這種精緻的冰淇淋。長大以後媽媽去世，她再也沒有買過任何零食。

時光冗長，她記憶裡的冰淇淋都是用袋子裝著的模樣，要麼一塊錢，要麼五毛，她手中這個卻不是，它是一個小王冠，奢侈的義大利冰淇淋。她在幾年後見過，一個上百塊。

小噴泉的水晶瑩剔透，她被迫拿著它，有幾分無措。

孟聽實在怕他還像上輩子一樣喜歡自己，於是鼓起勇氣問他：「你為什麼給我這個呀？」

江忍低眸看她，覺察了她的不安，他笑得肆意：「為什麼？打賭輸了唄。讓妳吃就吃，嘰嘰歪歪那麼多。」

孟聽舒了口氣，語氣輕軟道：「謝謝你。」

她身上很香，一靠近就能聞到。

像是夏天第一次綻放的梔子，淺淡又青澀。

「孟聽，妳成績很好？」

孟聽覺得不好回答：「一般。」

江忍笑得不可自抑。

她莫名覺得有些羞恥：「你笑什麼呀？」

「笑妳虛偽啊，好就是好唄，還他媽一般。」

可是在她的世界裡，從小到大受的都是這樣的教育。為人要謙虛、溫和，不能驕傲自得。江忍的存在，卻像是最叛逆不羈的一道光，割裂所有的謙遜偽裝。

孟聽滿臉通紅，發現竟然無法反駁。

「我要回家了。」她退後一步，離他遠了些。

江忍彎了彎唇：「我送妳回去唄。」

孟聽快嚇死了，連忙搖頭：「不用了，有公車。」

江忍唇角的笑意淡了淡。

孟聽卻已經轉身走了，她步調很慢，江忍只能看見她的背影。他也說不清為什麼，就有點想犯賤。

賀俊明在遠處目瞪口呆地看了半天，忍哥不是沒參與打賭嗎？

江忍走過去，把摩托車鑰匙丟給他：「給我把車弄回去。」

「哦哦。」

見他交代完就要走，盧月突然道：「江忍！」

江忍不耐煩地回頭：「說。」

「你今天，其實不是來幫我加油的吧？」

江忍笑了笑：「妳說呢？」

盧月眼圈都快紅了：「你來看她的……可是我們學校大家都知道她眼睛……」

江忍冷冷地看著她：「妳倒是說完啊。」

盧月莫名覺得膽寒，她心中原本覺得委屈。畢竟所有人都知道江忍是什麼身分，她原本以為他和沈羽晴分了，自己有機會，可是現在看來，原來不是這樣。

他竟然是來找孟聽的。

可孟聽眼睛有問題啊。但在江忍的目光下，盧月什麼都說不出口了，她只能看著江忍離開。

何翰愣了許久：「我覺得，忍哥他是不是對孟聽有點意思啊？」

賀俊明看著手中的車鑰匙，覺得天都要塌了：「他這什麼口味啊靠。」他至今記得學生證上「孟聽」那副尊容。

方譚也不確定，半晌才道：「別多想，江忍不會認真的。」

孟聽回家的車是382路公車。十分鐘一班，挺快的。

她上車時正好是下班尖峰時段，車上擁擠得不行。

司機說著方言，讓大家都往後走。

孟聽刷了交通卡，抬手拉住頭頂的吊環。

車門快關上的最後一秒，江忍上了車。

他這輩子第一次坐公車，一看全是人頭，忍不住嘖了一聲。

司機用蹩腳的普通話提醒他：「小夥子，要麼給錢，要麼刷卡。」

「多少？」

「一塊。」

江忍一摸口袋，半晌後，他抬起眼睛看向孟聽，笑得有些壞：「司機，我沒卡也沒錢啊。」

車上靜了一瞬。

司機也呆了一下，所以呢，你要坐霸王車？

「那你下去。」

孟聽也隨著人群看過去，所有人都在用異樣的目光看他，他卻毫不在意。

孟聽心突突跳，也希望他下去。

「好學生，過來幫我刷個卡唄。」

孟聽對上他黑色的雙瞳，鼓起勇氣：「你騎車回家吧。」

江忍沒忍住笑了：「這麼狠心啊妳。」

他見孟聽不肯幫忙，隨手從錢包摸了一張一百塊的鈔票扔進去。

司機愣了愣：「你這……」隨後也沒說什麼，啟動了車子。

孟聽皺了皺眉，公車不讓找錢，所以江忍坐個公車花了一百塊？她不由有些後悔，要是幫他刷個卡，他也不會這麼慘。

這年交通沒有後來方便，公車上人擠人。

江忍長得高，對他而言空間更加逼仄。

車子一晃一晃，孟聽幾次都差點撞到前面的中年男人。

一隻戴著黑色皮質手套的手握住她的手腕，把她拉了過去。

「江忍。」

「嗯。」

孟聽說：「你放開我。」

「放開妳妳站得穩嗎？」

她憋紅了臉：「我可以。」

他輕笑了聲，本就霸道：「不許說話。」

然後轉頭對著身後的男人道：「擠你媽啊擠，再碰到老子一次試試。」他說話萬般不忌，也不在乎髒不髒。

那男人本來也要罵回去，一看江忍就退縮了。少年長得高，銀髮黑鑽耳釘，總有種混黑社會的氣質。他沒敢說話，只能往外走。

江忍凶惡的語氣讓孟聽也有些害怕，她只好盡量離他遠一點。

江忍回頭見她這樣，彎了彎唇：「妳怕什麼，又不是在凶妳。」

孟聽臉蛋微紅，可是他真的好凶啊。

她握緊旁邊的金屬欄杆，沒有說話，然而周圍明顯寬敞了許多。

公車一路搖搖晃晃，終點站離孟聽家不太遠。

她下了車才發現江忍臉色不好。

他緊緊抿著唇，眉頭緊皺，他暈車了。

孟聽垂下長睫，抬步往回家的方向走。

江忍因為那股洶湧的噁心感，心情分外煩躁。

「孟聽。」

她回過頭。

「為什麼我給妳的東西不吃？」

手中的冰淇淋已經融化了，她一口也沒動。見孟聽沉默，他眼中微冷，幾步走過去：

「行啊，瞧不起算了。」

他搶過來，直接扔進了旁邊的垃圾桶，咚的一聲響。

她抬眼看他，他們離得很近，墨色鏡片後，她一雙剪水清瞳有些委屈。

他怎麼那麼霸道啊，想給就給，說扔就扔。

算了……她又不會和他相處一輩子，所以不和他計較。

她想了許久，輕聲說：「你伸手。」

她髮絲柔軟，在陽光下渡上一層暖色。江忍冷著眉眼，孟聽輕輕說：「對不起，是我的錯。」

他指尖微顫，情不自禁地伸出手。

那時候初冬十一月，空氣清新。

他低眸，黑色手套中，被放上一顆檸檬味小軟糖。

「吃了這個，你也許會好受一點。」她軟聲道，「我回家啦。」

江忍握住那顆糖，另一隻手拉住她：「妳眼睛是怎麼回事？」

孟聽有些慌，生怕他動手去碰她眼鏡。

她連忙說：「出了車禍，眼角膜受傷，曾經失明。江忍，你放開我。」

他皺了皺眉：「現在能看見了？」

孟聽點點頭：「不能見強光。」

「我看看，妳先閉上眼。」

孟聽心裡一驚，讓他看還得了啊。她眼睛現在消腫了，基本和正常人沒什麼區別，只不過用眼太久還是會生理性疼痛。

她急得快打他了：「不行，我眼睛長得很奇怪。」

他見她的臉都紅透了，忍不住笑了：「多奇怪？」

孟聽不太會騙人，好半天她才小聲說：「就跟我學生證上一樣。」她小心翼翼地補充，「很醜的。」所以你別看啦。

江忍笑得不可自抑，他信了她的邪。

然而掌心那顆糖軟軟的，他鬆開她：「妳回家吧。」

她慌得跟被攆的兔子一樣，總算不再慢吞吞地走路，跌跌撞撞往前跑。

他把那顆糖扔進嘴裡，酸酸甜甜的滋味暈開在味蕾。

江忍靠在公車月臺旁。

H市的天一片晴朗，這個在他眼裡窮鄉僻壤的市區，有那麼一刻，變得不太一樣。

糖果包裝紙被他放進口袋裡。

算了，不看就不看唄，又不可能是什麼天仙大美人。

孟聽回到家，把卡交給了舒志桐。

舒志桐意外地看著她，她解釋道：「奧數比賽的獎勵，舒爸爸你收著吧。」

舒志桐聽她講了由來，喜笑顏開：「聽聽真厲害，這錢妳拿著，去買幾件漂亮的衣服和好吃的。不要擔心家裡，舒爸爸不會讓妳吃苦的。」

孟聽眼睛酸酸的，她帶著淺淺的鼻音：「我有零用錢，舒爸爸你拿著吧。」

她把卡放在桌子上就打算回房間，舒爸爸樂呵呵的：「那我幫聽聽收好存銀行，有不少利息呢，聽聽有需要就去取出來。」

舒蘭從房間裡出來，她睡到了中午，身上還穿著睡衣。

「爸，哪來的卡呀？」

見她伸手要拿，舒志桐率先拿走：「小蘭，衣服換了來吃飯，這是妳姐的東西，不要亂動。」

舒蘭被呵斥，也不滿了：「我就看看怎麼了，爸你怎麼這麼偏心，我好久沒買新衣服了。」

說到這個她就氣。

利才高職和七中不一樣，七中要求學生不能標新立異，必須穿校服。利才卻不同，雖然他們也有一套校服，然而學校沒有硬性要求學生穿，舒蘭從來沒有穿過一次校服，她穿自己的衣服。

可是家境不太好，她的衣服遠遠沒有其他女生來得光鮮漂亮。這個年紀好攀比，舒蘭每次看到人家穿好看的衣服難受死了。

也就孟聽受得了一年四季穿得那麼寒酸。

舒蘭總覺得走在校園中別人看自己的眼神都帶著嘲笑。

她跺腳賭氣走了，她想要新衣服有什麼錯？江忍喜歡那些女生，不就是因為她們比自己會打扮嗎？要是她有錢，一定比那些人還好看。

孟聽回到房間，想了許久，把積灰的箱子拉出來。

她打開箱子，裡面是幾套漂亮的舞蹈服裝，還有一雙白色的舞鞋。她細白的手指輕輕拂過它們，這些曾經是她生命中最美好的東西。可惜媽媽死後，她再也沒有穿過。

孟聽一直覺得自己罪惡。

她曾經像極光一樣美麗奪目，走到哪裡都是最耀眼的存在。舞臺上的她，漂亮得炫目奪魄。

那年她國中，走在路上，都會有無數小男生偷偷看她。

「就是她呀，她真好看啊，我聽鄧強說她叫孟聽。」

「我見過她跳舞，真的很美。」

「她說話也軟軟的，比我妹妹還萌。」

「去搭訕啊。」

孟聽的媽媽叫曾玉潔，見女兒這麼受歡迎忍不住笑：「我瞧瞧，今天又有幾個人跟著妳回家啦。」她探頭往後看，那群小男生作鳥獸散。

孟聽微惱：「媽媽！」

曾玉潔笑得不行：「臉皮這麼薄，以後被欺負怎麼辦。」

孟聽回憶到這裡，眼裡忍不住帶了淚。她看著箱子裡面還沒褪色的小金牌，把它拿起來打開後蓋，裡面有最後一張照片。

舞臺的燈光下，她坐在鋼琴前，曾玉潔在她身後微笑，手放在她頭髮上。

裡面十四歲的女孩，柔軟的髮別在耳後，漂亮美好到不可思議。

這是曾經的自己。

孟聽上輩子直到死，都一直在逃避這些東西，沒有打開過這個箱子。

如果不是因為這場比賽後要接她回家，媽媽不會出車禍。車禍降臨時，曾玉潔抱住了孟聽。

曾玉潔死了以後，很長一段時間，孟聽連笑都不會了。

生命中最美的光，變成無法磨滅的痛。

她眼前一片黑暗，再也沒有跳過舞，也遺忘了過去的自己——美麗奪目，帶著小小的驕傲的自己。

孟聽從天才全能少女變成芸芸眾生最普通的一員。

而現在，她要因為舒爸爸面臨的困境，克服心理障礙重新拿起它們嗎？

週一上學時，大家都知道孟聽拿了奧數比賽冠軍的事了。

趙暖橙也驚呆了：「我靠，妳真拿了第一呀，那盧月呢？」

孟聽在找化學課本，聞言回答她：「第二。」

趙暖橙咂嘴：「我的天啊。」聽聽太厲害了吧。

班上也在說這事，那是因為盧月是高三的女神。盧月家境好，也有修養，平時就像高高在上的仙女似的，不沾凡塵氣，可是沒想到輸給了比她小一屆的孟聽。

班上女生都忍不住道：「孟聽太厲害了，智商碾壓啊。」

男生笑著說：「贏了也沒用呀，人家盧月多漂亮。成績好有什麼用？」

女生也小聲道：「雖然孟聽很好，可是她眼睛確實可惜了。唉不說了，你們聽說盧月和江忍的事了嗎？她好像在和江忍交往。」

「不是吧！」

「真的……」

話題漸漸偏轉，趙暖橙氣得不行，聽聽明明都贏了，可是被人同情，她都快氣成河豚了。

而對於整個七中來說，江忍成了最獨特的存在。

他是隔壁高職的，那群人放學經常在銀杏樹下抽菸。

他們學校的教務主任和老師都不敢管他。聽說他沒上過幾節課，他有錢，是真的非常有錢。哪怕被江家趕出來，可是他出手依然闊綽。

那年買得起小車的家庭不多，何況是江忍開的超跑。

孟聽自己聽到這些卻不在意，她還在想怎麼賺錢。

幾年後房價會暴漲，然而舒志桐早就把房子賣了，現在的房子是租的，還在新開發區。

真的很窮啊……

而做房地產的江家，幾年後不知道多有錢。

好在她心態平和，一切都沒有也沒關係，死過一次才明白，人一輩子平安健康最重要。

放學時，隔壁高職校門口一陣起鬨聲。

趙暖橙和孟聽走在一起，才發現他們在起鬨什麼。

沈羽晴在等江忍。

她原本以為過段時間江忍會來找自己，結果聽到了江忍和盧月的傳聞。她再也忍不住，主動過來了。

江忍從口袋裡摸出打火機，點燃了唇間的菸。

他抽菸的動作很肆意，半晌低頭看她一眼：「妳來做什麼？」

沈羽晴說：「江忍，我們重新開始吧，我以後不會自作主張了，都聽你的好不好？」

江忍嘖了一聲：「沒興趣，走開。」

孟聽生怕江忍在人群中看到自己，她低下頭，拉趙暖橙走。

趙暖橙會錯了意：「聽聽，妳也很激動對不對？我靠這是沈羽晴欸，她求江忍復合竟然被拒絕了。沈羽晴他都瞧不上，真不知道他以後會喜歡誰？難不成真喜歡盧月啊？」

孟聽抿抿唇：「我們走吧好嗎？」

趙暖橙恨不得長在這裡看完熱鬧：「聽聽妳不要說話。」

沈羽晴眼睛都紅了：「你真的喜歡盧月嗎？她只是成績還不錯，其餘哪點比得上我了，江忍，你對我沒有一點感情嗎？」

江忍覺得煩，聞言把菸按滅了：「妳是不是自我感覺太好了？」他一拍賀俊明的肩膀，「你下午的那張照片呢？」

賀俊明愣了愣，半晌才明白忍哥在說什麼。

他從口袋裡掏出一個小金牌，按開後蓋給沈羽晴看，他語調賤兮兮的：「沈羽晴，忍哥煩妳妳就別來了唄。他喜歡這樣的，妳不合格。」

看熱鬧的人都睜大眼睛看過去，然而小金牌太小，什麼都看不見。眾人的好奇心一下子被吊起來了。

沈羽晴離得近，她看清楚了。

這張照片過於老舊，畫質也不好，顯然是幾年前拍的了。

不到兩寸大的照片上，一個金色長裙的少女手指搭在鋼琴上。她看著鏡頭，笑容又甜又羞澀。

照片有些褪色，卻無損她精緻的美麗。

沈羽晴愣了許久，一時間什麼都說不出來了。

人群外的孟聽也愣住了，半晌後她臉色白了，那小金牌她再熟悉不過，昨晚還在箱子裡，今天怎麼會到賀俊明那群人手上？

賀俊明嘿嘿笑：「她好看吧？想不想回爐重造？」他喜歡盧月，因此不喜歡沈羽晴，說話自然不客氣。

沈羽晴反應過來，氣得不行：「她才多大，你們變態吧。」

江忍不耐煩了：「滾不滾啊妳。」

沈羽晴也怕他，紅著眼睛走了，人群四散。

孟聽不知道是該氣還該是怕，她咬牙，心怦怦跳，看了眼小金牌，也跟著趙暖橙走了。

賀俊明樂得不行：「忍哥，你真不看一眼啊。她真的很好看。」

下午，上次那個彈琴的女孩子叫什麼名字——噢噢舒蘭，這是她的小金牌，沒想到後面還有張照片。他看了覺得驚豔，第一眼就說：「我靠我是不是看見了小天使。」都快萌死了。

方譚湊過來看了眼，也呆了呆：「是很漂亮，但是看上去很小。」

何翰聽他們討論，也湊熱鬧，連連驚嘆。

只有江忍趴在桌子上睡覺，他覺得吵：「閉嘴。」

剛剛煩沈羽晴的時候，不知道為什麼，下意識想起這張照片。

賀俊明遞過來，江忍沒再拒絕，他低眸看了眼。

就是這一眼，他也愣住了。

「忍哥，你也覺得她很好看對吧？」還特別有氣質，分外純淨。

十月天空晴朗，江忍靠在樹邊，笑得有些痞，開顏色玩笑：「早個幾年遇見她，老子說不定會……」他沒說，但是男人都懂。

賀俊明心想，忍哥你才是變態禽獸吧。

孟聽回到家以後，舒楊坐在沙發上看球。

「舒蘭呢？」

舒楊回頭，他冷淡的面上出現了一絲錯愕。其實他最近也發現了，孟聽對舒蘭的態度漸漸發生了轉變。以前她對舒蘭很好，也跟著爸叫小蘭，可是最近孟聽和舒蘭保持著距離，就像見了陌生人一樣。

舒楊淡淡回答：「在房間。」

孟聽抿抿唇，她沒有先去找舒蘭，而是回到自己的房間把箱子拿出來。

一打開，她就發現箱子被翻亂了。

芭蕾裙子被揉成一團，小金牌不見了。孟聽把皺巴巴的裙子挪開，那條白色彩羽長裙也不見了。

舒蘭真是好眼光，她的箱子裡，那條白色彩羽長裙最珍貴。

那是媽媽花了半年時間做出來的裙子。曾玉潔得好看，出身卻不好，生在一個小村子。孟聽外公外婆在小村子裡教書，曾玉潔年輕時卻愛錯了人，她沒有接受家裡安排的相親，和一個外地男人私奔了。

曾玉潔離開故鄉以後過得並不好，在一個紡織廠當女工。後來男人拋棄了她，她肚子裡還懷了孟聽。她是個堅強的女人，沒想過自殺，反而一心想著好好培養女兒。

孟聽十歲那年，她親手做了這條裙子。

曾玉潔手巧，放在那個年代，許多富太太也以能穿上她做的衣服為榮。後來她不做衣服了，正如她跟孟聽說，她不愛那個男人了。

曾玉潔做的最後一件衣服，就是這條白色彩羽長裙，傾盡她為人母親的愛，一針一線把彩羽繡上去，白色裙擺一走動，都是流光溢彩的美麗。

那是條偏民國風的裙子，哪怕是放在現代，也非常值錢漂亮。

曾玉潔寵愛孟聽，她的女兒是上天恩賜的天使，她幫她做了長大後的裙子，原本就是送給孟聽的成人禮物，可是當曾玉潔死後，孟聽把它壓在了箱子最底部，直到上輩子那場火災，不僅燒了這條裙子，還毀了孟聽的臉。

孟聽把箱子闔上，起身去敲舒蘭的門。

舒蘭開門見是她，有些不自在地移開眼：「姐。」

孟聽伸出手：「我的裙子和金牌。」

舒蘭瞪大眼睛：「姐，妳怎麼可以冤枉我呢，雖然妳是我姐姐，可是再這樣我也要生氣了。」

孟聽看著她，眼前的女孩十七歲，和她一樣大，只比自己小兩個月。

孟聽曾經對她好了一輩子，盡全力保護她。如果不是為了救舒蘭，她上輩子不會毀容。舒蘭很會討好人，孟聽失去母親那年，舒爸爸嘴笨，不知道怎麼安慰她，而舒楊更不必說，只有舒蘭一口一個甜甜的姐姐。

她說：「我們永遠是姐姐的親人。」

孟聽不曾看清她，便對她好了一輩子。

但她這輩子再也不會管舒蘭。

孟聽眸中沉靜：「妳喜歡江忍，所以拿了我的金牌去討好他。」

舒蘭惱羞成怒：「妳胡說什麼！」

「可我的裙子是我媽媽留給我的遺物，那塊金牌裡面，也有我和她最後的合照。以前的東西讓給妳就算了，那兩樣妳不能拿。」

舒蘭沒想到一向性格柔軟的孟聽這次這麼較真，她也來氣了，索性承認：「我去參加別人的生日聚會借一下妳的裙子怎麼了，要是我有好看的裙子會看上妳的東西嗎？還不是因為妳的眼睛，我們家才這麼窮。我爸的薪水本來也不低，可是全拿來給妳還債了！」

孟聽握緊了拳，半晌後她輕輕舒了口氣。

「舒蘭。」

舒蘭看著她，心裡莫名有些不安，孟聽還是那個乾淨溫柔的孟聽，只是有些東西不一樣了。

「欠舒爸爸的，我全部都記著。可是我不欠妳什麼。以前我所有擁有的，幾乎都給妳了。」

孟聽會鋼琴，舒蘭也吵著要學。可是她悟性不高，只學了兩年，學了點皮毛，孟聽知道家境拮据，再也沒有去學過鋼琴。那時媽媽還活著，可是家裡只能負擔一個孩子學習的費用。

孟聽會舞蹈，許多種舞蹈，舒蘭也鬧著要學，孟聽為了讓她有這樣的機會，放棄跟著老師學習，而是自己摸索著練習。

然而舒蘭照樣不爭氣，她身體不柔軟，受不了拉筋的苦，學了一個月，自己放棄了。

孟聽說：「如果妳不能把我的東西還回來，我會自己去找江忍要。」

舒蘭哪裡見過這樣的孟聽，她也要氣瘋了：「妳去要啊，妳去要我就告訴爸爸，妳是怎麼讓他親生女兒快活不下去的。」

舒蘭說完就關上了門。反正金牌是要不回來的，她其實也不知道那後面還有張照片。

當時班上都在傳，這週二賀俊明生日，他們那幫人雖然渾，可是全都是些有錢的富二代，舒蘭也想被邀請，於是她把孟聽那塊金牌從樓上扔了下去，賀俊明果然想起了她。

舒蘭紅著臉說那是她跳舞得的獎，賀俊明撿起來，就看見了摔出來的照片。

他愣了好幾秒，然後吹了個口哨，問舒蘭照片裡的人：「那她是誰啊？」

舒蘭臉色一下白了，她只好勉強笑笑：「幾年前我喜歡的一個小明星，現在早就退圈了。」

賀俊明有些失望：「挺漂亮，給我唄。明晚請妳來玩啊。」

舒蘭眼睛都亮了，立刻說好。

那條裙子也美，不僅美麗，還特別。

反正孟聽又不穿，給她穿穿怎麼了！

舒蘭一想到明天去賀俊明生日聚會時別人的眼神，整個人都激動起來了。要是江忍對她有興趣……

她不信孟聽真的會去要，畢竟孟聽從小到大就很乖，幾乎沒有刺，只剩下柔軟乖巧。如果爸爸可能會傷心，孟聽絕對不會讓姐妹之間不和睦。

孟聽第二天去上學時，舒蘭依然沒有把東西拿回來，她就知道只能自己去要了。

她不會再無條件退讓舒蘭。

照片也是媽媽的遺物，怎麼樣也不能被當成賀俊明他們玩耍調笑的東西。

七中放學時已經下午五點半了。

孟聽收拾好書包，對趙暖橙說：「妳先回家吧。」

「聽聽妳呢？」

「我有點事。」

趙暖橙沒什麼心眼：「行啊，那明天見呀聽聽。」

「明天見。」

孟聽原本以為兩所學校放學時間相同，她過去要裙子時，舒蘭肯定還來不及換上。舒蘭不會在家裡還給她，但怕在學校鬧大，自然不會再堅持穿那條裙子。

然而等她到了舒蘭的教室，舒蘭前排拿著小鏡子的女生好奇看她一眼：「舒蘭呀，她早就走了呀。今天十二班賀俊明的生日，她沒上老張的課，直接去了。」

孟聽皺眉，她沒想到這群人直接蹺課了：「謝謝妳，妳知道賀俊明的生日聚會在哪裡嗎？」

那女生覺得孟聽聲音輕軟好聽，於是也告訴她了：「安海庭那邊。」

孟聽有些為難。

然而一想到舒蘭的性格，裙子可能損毀，她最後還是坐上了去安海庭的公車。

她知道安海庭，這是這座城市最貴的地段，靠著大海，有酒樓、有網咖，也有KTV，都是江家駿陽集團的地產。

放學時段恰好也是下班尖峰時期。

孟聽下了公車，天色有些暗了。

冬天黑得早，此刻已經是一片墨色。

孟聽走進安海庭的大門，前臺是一男一女，態度很好：「請問您是？」

那時候孟聽還穿著七中的校服，普通的板鞋，頭髮束成馬尾，鼻梁上一副墨色鏡片，實在有些不倫不類。

孟聽有些侷促不安：「我來找我妹妹可以嗎？」

那個女前臺笑了：「同學，沒有邀請不能放妳上去。」

孟聽愣了愣，樓上傳來不知道是誰的歌聲，堪稱鬼哭狼嚎。她知道這個聚會很熱鬧，這種情況舒蘭不惹事，就不是舒蘭了。

孟聽不是去幫她善後的，她的裙子不能毀了。

「我也是……」她難得撒謊，臉頰都紅透了，「賀、賀俊明的朋友。我來晚了。」

女前臺笑了：「小妹妹，撒謊不對喲。」她的眼睛在孟聽的鏡片上看了眼，那男前臺也有些不屑的模樣，擺明覺得孟聽是騙人的。

孟聽知道為什麼。

江忍這幫人，身邊非富即貴。賀俊明喜歡顏值高的人，不會有她這麼「寒酸」的朋友。

孟聽猶豫了許久，抬手把眼鏡摘下來，對面兩個前臺安靜了一瞬。

少女雙頰微紅：「我真的是……他們的朋友。」客廳燈光太亮，她不適地眨眨眼，眼中隱有水光，卻也漂亮得不可思議。那種純淨的美麗，簡直比之前上去的所有人還好看。

那男前臺臉都紅透了，半晌輕咳了一聲：「我幫妳問問啊同學。」

孟聽戴上眼鏡，有些緊張。

電話接通，男前臺問她：「那邊問妳叫什麼名字。」

孟聽沒退路：「孟聽。」

賀俊明喝得暈乎乎的，飆完歌接了個電話。他酒量不好，一聽那邊說孟聽，他第一反應懷疑自己聽錯了。

「我靠？孟聽！」

沙發旁打牌的江忍抬起眼睛。

「忍哥，一對要嗎？」

江忍把疊得高高的籌碼和牌推到賀俊明的前面：「買你手機。」

五萬六千塊的籌碼，在那年不算個小數字。

他起身，賀俊明的手機已經到了他手上。

前臺說：『是的，這位同學說她叫孟聽。』

電話那頭傳來少年愉悅的低笑聲。

前臺不知道已經換了人：『讓她上來嗎？』

「讓她走樓梯，不許坐電梯。」

而他，等在三樓轉角處。

第四章　他是混蛋

男前臺面色古怪了一瞬，這次聽出是江少的聲音。然後對孟聽說：「同學，電梯有點故障，妳走樓梯上去吧。」

孟聽點點頭，能上去就很不錯了。她跟他們道了謝，沿著男前臺指路的方向走。

等孟聽的身影消失不見了，女前臺面色古怪地說：「電梯沒壞啊。」

「江少吩咐的。」

「他想做什麼啊？」

「我哪知道，反正他的事妳別問，嫌命短嗎？我聽說江少他……」男前臺點了點心口，「有心理疾病，控制不住情緒。誰知道他為什麼被趕出江家。」

女前臺想到剛剛水靈靈的漂亮小女生：「她真漂亮啊，比我的偶像還美。過幾年肯定更漂亮。」

男前臺也有些替她擔心，招惹誰不好，招惹了江忍。

安海庭的樓梯是應急設施，一般情況沒人會走，因此樓梯靜悄悄的。

綠色的「安全出口」四個大字帶著箭頭一路指引，樓梯間內燈光昏暗。

孟聽只聽得見自己的腳步聲，她還背著書包，順著扶手往上走。

三樓樓梯間轉角處，她猝不及防地撞上了一個結實的胸膛。

孟聽嚇了一大跳：「啊呀！」

任誰在黑漆漆還透著綠光的環境裡突然看到什麼都會嚇到，她捂著額頭，連連退後了好幾步，抬眸就看見了江忍的臉的輪廓。

半暗的光影中，他有幾分錯愕，將手放在被她撞過的地方。

少年肌理結實，反而是她的額頭被撞得一陣發暈。

她聲音甜，那個顫抖的「啊呀」帶著上揚的語調，像是破碎的呢喃。剛剛那一撞，不知道是什麼撞進了他的胸膛。

孟聽白著臉，手腳還止不住地發軟。

她看不清江忍的臉色，卻知道剛剛撞到他了。江忍本來就霸道不講理，她趕緊道歉：「對不起呀，撞疼你了嗎？」

江忍彎了彎唇：「嗯。」

孟聽不知道怎麼辦才好了。這對她來說簡直是天降橫禍，誰知道江忍沒在聚會，而在這黑暗的樓梯口。

安海庭透明的窗戶外面，海風在柔柔吹。

孟聽的背抵著冰冷的牆面，有幾分無措。

「我不是故意的。」她雖然單純，可是不笨，那樣一撞哪會讓人出事？她的眼前還一陣發暈，知道他在為難自己，忍不住小聲道，「你也嚇到我了。」

江忍差點笑出了聲。

他在背光處，能看見她的模樣。她還穿著七中規矩的校服，校徽別在右邊胸前。空氣瀏海讓她在光影下多了幾分柔美，那副黑色引人窺探的眼鏡似乎都柔和了幾分。

明明害怕他，卻極力鎮定。

「怎麼，撞了人不認帳啊好學生，你們七中這麼教人的嗎？」

孟聽抬眼看他，語調輕軟反駁：「七中說，要道歉，還要得饒人處且饒人。」

江忍這次沒忍住，笑了：「我文盲，不興妳這一套懂不懂。」

孟聽知道他不講理。

夜色悄然，遠處海上還有明燈，透過安海庭看下去，是星星點點的微光。她突然想起眼前這個少年在幾年後殺了人。

他殺人的手段極其殘忍。

孟聽知道他很危險，不能靠近他，更不能得罪他。

她彎腰，認真地對他鞠了個躬：「對不起。」

他唇角的笑意散去。

黯淡的光下，她看不清他的眸光，不知道為什麼想起了江忍那年悶不作聲、發瘋似地追了三公里公車，像隻要命蠻橫的狼崽子。

她一直怕他這股近乎變態的瘋勁。

孟聽說：「我真的不是故意的，不然……我讓你打回來吧。」

她猶疑地伸出一隻玉白的小手。纖細美麗的手指，指尖帶了點點淺淺的櫻粉，縱然暗光下看不清楚，然而她在整個樓梯間最光明的地方，性格柔和到一塌糊塗。

他心裡有股勁橫衝直撞，盯著那隻小手許久，嘖了聲：「好啊，不許喊痛。」

她認真點點頭。

江忍放在口袋裡的那隻手顫了顫。

眼前那隻手漂亮柔軟，手指纖長瑩白，他沒有見過誰的手這樣嬌弱美麗。哪怕是他那個處處驕矜講究的母親，也沒有這麼精緻漂亮的手。

他在快碰到她手的前一秒，猛地反應過來。

江忍神情煩躁地收回手，摸到了口袋裡的打火機。他把打火機往她手心一扔：「過來幫我點根菸，這件事就算了。」

孟聽愣愣地看了眼自己掌心上的黑色打火機。

「過來啊，要我請妳嗎？」

他脾氣還是很糟糕。

孟聽猜江忍可能是出來抽菸透氣的。她想著自己的裙子，於是靠近了幾步，少年比她高二十七公分，這年她一百六十公分，不算矮，江忍卻很高。

他說話葷素不忌，染了銀髮有些流裡流氣的，所以在外面總被人認成小混混。他很不好惹，脾氣臭，性格有缺陷。

江忍壓抑不住那股煩躁，於是從菸盒裡摸了根菸咬在唇間。

三樓的窗戶開著，清涼的夜風透了幾絲進來，她的瀏海輕輕擺動。

她舉起手，足尖輕輕踮起靠近他。

火光亮起的一瞬，他聞到了少女身上風帶過來的香，那種獨特溫軟甜美的味道。

她動作青澀，甚至有些笨拙，一看就知道從來沒為人做過這種事，卻乖得不可思議。

他低眸，那隻手輕輕顫著，半晌才點燃了菸。

孟聽點完鬆了口氣，把打火機放在他掌心，然後從他身邊跑上去。

過了許久，他猛然把菸夾在兩指指間按滅，重重喘著氣。

菸已經燃了一半，然而他連呼吸都忘了，一口沒吸。

不要再讓他看見她。

別再看見了。

不然……

孟聽上了樓，才舒了一口氣。

安海庭五樓簡直是群魔亂舞，孟聽透過人群，一眼就看見了舒蘭。

糟糕的是，舒蘭正準備跳舞，她身上穿著屬於孟聽的裙子。

這裙子不太合她的身，她發育不太好，胸前撐不起來，然而無損它本身的美麗。那年女孩子穿的連衣裙沒有哪一條有它好看別致，民國雨後青黛的美麗，走動之間彩羽翻飛。下擺很長，惹得好幾個女孩子看了幾眼。

舒蘭心中不無得意，因為平時利才高職那幾個不可一世的女生，都忍不住問了句她裙子在哪裡買的。

舒蘭語氣上揚：「這沒地方買，高級訂製裙子，全世界獨一無二。」

那女生縱然再喜歡，聞言臉色也掛不住：「哼，誰稀罕。」

也有一兩個男生對舒蘭投來了目光。

舒蘭眉飛色舞，這群人都是有錢人，平時走在路上都不會看她一眼，可是今晚她穿著這條裙子，終於覺得揚眉吐氣了一番。

那幾個問她裙子的女生不久後回來，手裡拿了杯紅酒，語氣譏諷：「聽說妳還會跳舞呀，露一手唄，反正今天玩得這麼開心。」

舒蘭哪裡會跳舞。

她對舞蹈最初的認知，只停留在舞蹈老師狠狠壓著她的腿讓她拉筋那種慘痛的感覺。

然而賀俊明聽見了，放下麥克風看過來，也很感興趣的樣子：「對呀，妳叫……舒、舒蘭對吧，美女，方便跳一個嗎？」

一群男生立刻應和吹口哨鼓掌：「來一個！」

舒蘭騎虎難下。

偏偏賀俊明是個二愣子，還幫她找了點文雅的音樂：「跳吧。」

舒蘭眼皮一跳，心慌得不得了，心臟也不受控制地縮緊。

何翰按著遙控器說：「音樂不對嗎？是要動感點的？」

整個晚上，她夢寐以求的眾人的目光終於都落在她身上了，不過是想看她跳舞。

舒蘭肯定不能跳。她心想，她又不是孟聽，什麼都會。她不會這些，一跳就會露餡。

她看了眼旁邊等身高的豪華蛋糕，要是……衣服弄髒了，就不會有人再要求她跳舞了吧？

雖然也覺得這樣就可惜了裙子，然而她總不能打自己臉，何況裙子洗洗還能穿。

舒蘭拉著裙擺，屈膝行了個禮，後退幾步就要碰到那個大蛋糕。

饒是孟聽脾氣再好，看到她快碰到那個蛋糕也氣得不行。

那是她媽媽留下來的東西！

孟聽聲線清脆：「舒蘭！」

舒蘭嚇了一跳，回頭就看見穿著校服的孟聽站在門口。

一時間她驚愕到不行，她原本以為孟聽說會要回自己的東西只是嚇嚇她而已，沒想到孟聽真的來了。

她怎麼上來的？安海庭不是不會隨便放人進來嗎？

孟聽沒看那邊所有人投過來的眼神。

她也沒有半點自己在一眾華麗光鮮的人群裡，穿著灰撲撲的自卑感。

她走到舒蘭面前，彷彿變回了十四歲那年的孟聽，柔軟無比，卻也驕傲明媚：「把裙子換了給我，立刻。」

她沒看舒蘭是什麼表情，轉身看著賀俊明。

「賀同學，抱歉。昨天那個金牌，能還我嗎？」

賀俊明一臉愣：「那不是舒蘭給我的嗎？」

舒蘭也顧不得別的了，一把拉住孟聽的手臂，她這時候知道服軟了：「都是我不好，妳和我過來一下好嗎？」

孟聽只是來要回自己的東西，並不是來砸場子。她和舒蘭在眾人探究的視線中走到房間角落處。

旁邊櫃檯上一個漂亮的音樂盒在旋轉，輕音樂流淌，孟聽的目光落在舒蘭身上，有幾分恍惚。

這條漂亮的裙子，是她上輩子沒有勇氣接觸的東西。直到死的那天，她也沒有把它穿在身上。

舒蘭沒有足夠的氣質，並不能穿出那種步步生花的美。

裙擺華麗又輕盈，原本就可以當作一條跳舞的裙子。

舒蘭咬牙：「姐，我知道妳最好了。就借我穿這一晚上吧，我明天就還給妳。那個金牌……我給了人家總不好意思要回來呀，難道妳希望我被人瞧不起嗎？」

又是這樣的理由，正如一開始那次彈鋼琴。

孟聽面對舒蘭，再也沒有那種打從心底柔軟想愛護的情緒。她直視舒蘭的眼睛，第一次用嚴厲的語氣告訴她：「這是妳最後一次碰我的東西。裙子立刻還給我，金牌也去要回來。妳總不希望他們知道妳什麼都不會，連鋼琴那次也是假的，還偷拿我東西。」

那個「偷」字讓舒蘭險些跳腳，不可思議地瞪大眼睛：「我們是姐妹，妳怎麼會用到偷這個字！妳太讓我心寒了。」

姐妹……

有那麼一刻，孟聽想狠狠搧過去一耳光。她曾經無比珍視這兩個字，可是她為了救舒蘭毀容，舒蘭卻讓她死在山崩。

孟聽閉眼，再睜開很平靜地道：「不是姐妹，這輩子都不會是。東西要麼給我，要麼我自己過去說清楚。」

舒蘭見她軟硬不吃，總算知道孟聽是認真的。可是兩個月前，孟聽還什麼好東西都恨不得給自己，現在對待她怎麼會比陌生人還冷漠？

她當然不能讓江忍他們知道真相，鋼琴、舞蹈、裙子，這些都是屬於孟聽的東西。

她憤憤道：「還給妳就是了，妳別後悔，我再也不認妳這個姐姐了。」

孟聽沒說話，只是靜靜地看著她，讓舒蘭有些心虛。

舒蘭跑進外面的廁所裡，過沒多久她換了自己那身衣服褲子出來，把裙子扔到孟聽手裡時，孟聽愛惜地抱住它。

舒蘭忍不住刺道：「妳可真是孝順啊，妳媽都因為這個死在了妳面前，妳不會還想著重新跳舞吧。」孟聽的美麗，本來就是一種罪惡。

這句話讓孟聽的手指顫了顫。

她抱著裙子的手指緊了緊，難得生氣：「還是管好妳自己吧。」

她率先抱著那條裙子走出去，賀俊明見了她，興奮地招手：「孟聽，過來呀。」

江忍也回來了，坐在那邊的單人沙發上，跟著抬眸看她。目光往她手中的裙子輕輕一瞥，忍不住彎了彎唇：「妳的東西？」

那條裙子很好看，舒蘭來的時候，它幾乎引起了所有人注意。

江忍每次見到孟聽，她幾乎都是背著個笨重的書包，穿著校服安安靜靜的，像個乖巧放學回家的小學生。這東西竟然是她的？

孟聽心一跳。

她剛剛生氣，險些忘了江忍還在這裡。

她搖搖頭：「不是。」然後小聲補充，「是借的，該還回去了。」

此言一出，後面的舒蘭既鬆了口氣，又覺得臉上火辣辣的。

剛剛那幾個女生捂嘴笑：「啊，剛剛還有人說什麼，獨一無二的高級訂製，原來是借的啊～」

「看不清自己唄，還真以為有多厲害。」

舒蘭緊緊握住拳頭。

孟聽也聽見了。

要是以前，她指不定多心疼妹妹，然而現在，她只能說舒蘭自食惡果。

江忍靠著沙發：「那這個呢？」

他的手裡，儼然是那塊小金牌，「妳的？不然憑什麼還給妳啊？」

舒蘭怕孟聽承認，連忙道：「江忍，那是我的，你給我吧可以嗎？」

江忍懶洋洋地道：「滾一邊去，到了我手上，就是我的東西。」

他也不看舒蘭，反倒是看向孟聽：「妳想要也可以，來玩個遊戲唄好學生。」

孟聽想想那張照片，是一定要拿回來的。

她有些怕他：「什麼遊戲？」

他隨手從黑色茶几摸了一副骰子，扔了一顆進骰盅，：「猜大小，一二三是小，四五六是大。猜中了給妳。輸了的話……」他笑得有幾分痞，「買一個星期早餐給我，賭不賭啊妳？」

賀俊明心裡一陣我靠，別的還好，忍哥這也太無恥了吧。

那顆骰子，江忍想搖成幾就是幾，孟聽必輸無疑啊。

方譚也憋住笑，等著看笑話。

孟聽和他們的想法不一樣，如果不賭，就一輩子都拿不回來了。一顆骰子猜大小的話，勝負五五分。這種看運氣的事情，好歹有一定機率。

她語調輕輕軟軟的，有些猶疑：「小。」

江忍漫不經心地搖，唇角彎了彎，他不看，也知道裡面是個六。

她抱著一條裙子，認真又緊張地看著他的手掌。

她頭頂是橘色的暖黃，襯得髮絲也柔軟得不行。她第一次這麼專注地把目光放在他身上。

江忍的動作停下來。

這東西對她很重要嗎？明明討厭他，還願意做這樣的交易。

「孟聽。」

「嗯？」她的目光轉到他臉上，上揚的鼻音帶著一股綿綿的乖巧。

「自己過來揭開。」

她有些緊張，那隻玉白的手放在骰盅上。江忍感受到了片刻她靠近的溫度，十一月的暖香，有種灼燒一切的溫度。

骰盅被揭開的瞬間，她忍不住睜大眼，隨後欣喜地看著他：「你輸了。」

他低笑：「嗯，我輸了。」

他第一次看她笑，雖然只能看見上揚的唇角，卻有股甜到心坎的味道，真他媽純。

白色的骰子上，一個鮮紅的一在最上面。

江忍把那塊小金牌給她了，她放進自己的校服裡。

孟聽沒有和人打過賭，她舒了口氣，好在贏了，東西拿回來了，她也該回家了。

等她毫不留戀的背影消失在安海庭的大門，賀俊明一群人還沒回過神。

我靠我靠！

不是吧！怎麼會是一！

賀俊明懷疑自己沒睡醒，半晌才問：「忍哥，你怎麼輸了啊？」

江忍靠在沙發上，胸膛被她撞過的地方似疼似軟，他漫不經心地道：「輸了就輸了，能有什麼理由。」

週三到了孟聽眼睛複查的日子。

中午舒爸爸卻無法回來，他想了想，讓舒楊和孟聽一塊去。

這兩年要麼是舒爸爸陪著孟聽去，偶爾舒蘭有求於孟聽時，也會跟著一起去。

但是昨晚兩個女兒之間的氣氛明顯不對勁，舒爸爸以為她們鬧彆扭了，無奈之下，只好喊舒楊陪姐姐一起去。

中午放學，舒楊在校門口等孟聽：「走吧。」

他話很少，長相也偏普通，一雙眼睛黑沉，性格分外沉悶。他們兩個人，分別是一二班的第一名，但是從沒人聯想過他們認識。

孟聽不知道怎麼和繼弟相處，搖搖頭：「我自己去就可以了。」

舒楊看也沒看她，眼睛盯著校園梧桐樹的落葉：「爸喊的。」

意思是如果不是舒爸爸千叮嚀萬囑咐，他也不樂意去，不去還交不了差。

孟聽臉蛋有些紅，帶著淡淡的尷尬：「麻煩你了。」

「嗯。」

市醫院離學校有點遠。

那年去醫院的車一個小時才有一班，等到31路公車慢吞吞地開過來時，孟聽先上去，舒楊跟在她後面上了車。擁擠的人群差點撞到她，他用手臂擋著他們。

上車前，他回頭看了眼，一個穿著紅色球衣的銀髮少年面無表情地看著他們。

舒楊皺了皺眉，在座位上坐好。

賀俊明探頭看了眼，像發現新大陸似的：「剛剛那個是孟聽吧，我靠她和那個男生……」他嘿嘿笑，「好學生也早戀啊？她眼睛不是有點問題嗎？那個七中的男生口味這麼獨……」

他還沒說完，就看見忍哥回過神似的，猛地往公車那邊跑。

這個年紀的少年，雙腿修長有力。

他們才剛打完球，江忍在已經有些冷的十一月穿著球衣和短褲。

他的小腿肌肉結實，銀髮上都是汗水。

他幾乎是帶著一股不顧一切的狠意往公車站跑。

然而利才高職門口離公車站有些遠，他跑過去時，公車已經開走了。

江忍眸色漆黑，他從旁邊道路草木裡撿了塊石頭，毫不猶豫地砸在了車身上，少年臂力驚人，「咚」的一聲響近乎沉悶，整個公車上的人都嚇了一跳。

司機從窗戶回頭，破口大罵，罵得很髒。

然而少年黑漆漆的眼，眨也不眨地泛著冷。

孟聽也回頭了，她一眼就看見了他。

初冬裡，他紅色球衣如火，眼裡是灼燒盡一切的怒意。咬肌鼓起，結實的手臂上青筋一跳一跳。

賀俊明嚇呆了，拍了下方譚的肩膀，說話都快結巴了：「鐔子，怎麼辦啊？」

方譚也愣了。

他們都清楚，到利才高職兩個月，這是……江忍第一次病發。

司機罵完了人，看著少年的模樣，心中卻一陣發怵，怎麼看也不是個正常人啊。他一腳踩油門，啐了一口暗道倒楣，把公車開遠了。

孟聽也不再看，她回過頭，心突突跳。她第一次認知到，有些東西即便改變了，然而命運依然不疾不徐地駛向原本的軌跡。

舒楊淡聲問：「妳認識他？」

孟聽半晌沒說話。

舒楊看她一眼，沒再問什麼。

他們到達醫院時，還排了一個小時的隊。

孟聽的主治醫師是熟人，曾經和媽媽是同個鄉鎮出來的，還是國中同學。

「孫阿姨。」

孫巧瑜醫療口罩下露出柔和的笑意，把她的眼鏡摘了，讓孟聽躺在醫療床上，然後打著光檢查她的眼睛。

孟聽不舒服地眨眨眼，淚水生理性地分泌了出來。

她眸色有些淺，不是純粹的黑，也不是常人的棕色，更像是淺淺的茶色，像雨水洗滌過一樣乾淨清澈。

舒楊原本站在門口，事不關己的模樣，孫巧瑜也不和他客氣。

「小夥子，過來幫忙打個光。」

舒楊走過來，接過她手中的光源。

他低頭的一瞬愣了愣。

少女晶瑩的眸中，被燈光印上璀璨的光點。她肌膚白皙，唇色櫻粉，長長的睫毛沾了水霧，蝶翅一樣輕盈，眸中卻安靜寧和。

三年來，舒楊第一次看見長大的孟聽。

他和舒蘭一樣，對十歲的孟聽印象深刻。

那時候他爸媽離異已經一年，舒爸爸不太會照顧孩子，兩個孩子都邋裡邋遢，舒楊感冒著，鼻頭通紅。他身上的衣服已經五天沒換，領口沾了一片汙漬。

舒蘭也好不到哪裡去，衣服口袋都是髒兮兮的。

因為那天是曾玉潔正式搬到舒家的日子，舒爸爸既尷尬又仔細地幫兩個孩子換了一身新衣服。

曾玉潔牽著孟聽進門時，看電視的舒蘭和舒楊都傻眼了。

爸爸幫他們仔仔細細地打扮過了，然而還是難以形容第一次見到孟聽的感覺。

她牽著曾玉潔的手，臉上同樣帶著對未來的忐忑。

十歲的女娃娃穿著天青色的裙子，頭髮披在肩頭，白襪子，黑色小皮鞋，裙子乾淨整潔，臉龐柔嫩美麗。

是的，美麗。

不是用來形容孩子的可愛，而是一種含苞待放的美麗，像初夏的年幼蜻蜓，輕盈落於草尖，一種近乎脆弱精緻的美麗。

她見兄妹倆都傻傻地張著嘴巴看著自己，在曾玉潔的鼓勵下，伸出小手，笑容羞澀：「弟弟妹妹你們好，我叫孟聽。」

舒蘭連忙伸手握了握。

舒楊呆呆地把自己髒兮兮的小手在衣服後面擦了擦，輕輕握住女孩子的手，又白又軟，手背還有可愛的窩，像棉花一樣。

等孟聽走了，舒蘭湊在他耳邊：「哥，她真好看。」

嗯，他沉默著點點頭。

舒蘭說：「我要是也有那麼好看就好了。」

舒楊沒說話。

「哥，你鼻涕快流出來了，咦，好髒。」

舒楊第一次覺得無比羞恥，想挖個洞把自己埋進去。

十四歲那年，孟聽的眼睛出了事，卻絲毫不影響舒楊的生活，然而那個精緻漂亮的少女，戴上了笨拙詼諧的盲人眼鏡。走路也要依靠白手杖，她的世界一片黑暗。

有時候走在路上都會惹得人像看熱鬧一樣看著。

漸漸的，整個公寓大樓都忘了曾經的孟聽，那個美麗青澀，無比耀眼的少女。包括舒楊，也很難把現在這個安靜內斂的繼姐，和當年小仙女一樣的孟聽聯想在一起。

直到今天，他握著一束光，照見了她長大的模樣。

她十七歲了，長成了讓舒蘭一見就嫉妒到心癢癢的模樣，也遠比他當年能想像的還要好看。舒楊不知道心裡是什麼感受，默默移開了目光。

孫巧瑜不滿道：「小夥子，認真點啊，光偏了。」

舒楊手抬了抬。

孫巧瑜檢查完，滿意地笑了笑：「聽聽，恭喜妳，眼睛已經恢復了，妳不用再戴著眼鏡生活了。」

舒楊看了孟聽一眼，沒說話。

孟聽也沒想到這麼快，她上輩子明明還要半個月才恢復好的。

她仔細一想，倒是明白了關鍵。上輩子這段時間她為舒蘭收拾了很多爛攤子，眼睛險些二次感染。這輩子沒理舒蘭，眼睛保護得很好，自然好得快。

然而……她所有不好的命運，就是從眼睛恢復以後開始的。

孟聽說：「孫阿姨，我眼睛見到強光還是疼。」

孫巧瑜：「那是當然了，妳眼鏡戴了這麼久，習慣了灰白的世界。眼睛受不得刺激，突然見了光肯定不適應。所以妳現在不能再依賴它了，學會重新接納這個世界。我開兩瓶眼藥水給妳，還是要注意不要用眼過度。如果眼睛還疼，那就休息一下，總之慢慢適應，有問題隨時來找我。」

孫巧瑜這段話，讓她的世界發生了改變。

醫院外面有一顆很大的泡桐樹，初冬這顆老樹落了不少葉子，然而樹冠還是頑強地掛著翠綠的葉子。褐色的枝椏支撐起冬葉，孟聽似乎聞到了淡淡藥水味裡的草木泥土清香。天空是蔚藍色的，萬里無雲。這是冬日裡難得的一個溫柔又晴朗的日子。

孟聽的世界，變回了彩色。

她和舒楊這一路走過來，遇見的人或多或少投來了目光。十七歲的少女，已經徹底長開，有種引人注目的美麗。

孟聽走出孫巧瑜的視線，看了眼天空和草地，輕輕嘆了口氣，又從包裡摸出眼鏡戴回去。

舒楊沒多想，只當她眼睛還不適應，這麼一下又痛了。

十一月的天氣，縱然有稀薄的陽光，可是空氣中還是瀰漫著一股難說的冷意。

賀俊明和方譚他們都不敢過去找江忍。

何翰給賀俊明使了個眼色，賀俊明心領神會，去飲料店買了杯熱茶。

幾個人離得遠遠的，過了許久，江忍走了過來。

那種激烈可怕的情緒像潮水一樣從他身上褪去，他難得變得有些沉默。

賀俊明把熱茶遞上去：「忍哥，喝點水。」

冷空氣吸進肺裡，鑽心的疼。

江忍伸手接了過來，看了他們一眼，從頭到尾沒說話。這群少年中，有的是他小時候一起玩到大的，有的是他被發配來了H市以後結交的朋友。

可是他們眼中此刻都流露出了一絲尷尬和迴避，只有賀俊明像傻子一樣，眼中毫無芥蒂：「我沒讓他們加那黑乎乎的東西，嘿嘿，忍哥你放心喝。」

江忍拍了拍他的肩膀，什麼也沒說。

方譚機靈得多。

江忍最初來H市時，無數人巴結討好。他譏諷地笑：「不怕老子有病弄死你們啊？」說不怕是假的，然而嚴重的暴怒障礙聽起來只是個名詞，沒人見過，也就沒有那種令人懼怕的顫意。江忍招招手，一群人搶著想給他賣命。那些靠不近他身邊的，卻會抓住這點酸溜溜地嘲諷，「喲，一個有錢的神經病而已，跩什麼啊。」

他們第一次認識到，江忍真的不能控制住自己的情緒。

如果當時那輛車停下，不知道會發生什麼。

賀俊明和江忍住得近，他們一起騎車回家。

賀俊明說：「忍哥你情緒不穩定，不然我載你吧。」

江忍冷睨了他一眼，眼神很明顯：滾，老子是男人。

他戴上安全帽，長腿一跨上了車，把外套穿上，一抬眼，撞見了一個熟人。

沈羽晴挽著一個男生的手，說說笑笑的。那男生也穿著七中的校服。她感覺到有人在看她，轉過頭來，就看見了江忍。

她臉色白了又青，總之很精彩。她鬆開那個男生，朝著江忍跑了過來。

賀俊明不屑地哼笑：「喲，沈大校花這是有了新歡？」所以嘛，他就說還是盧月好。

賀俊明本來以為以江忍的性格，看都不會看她一眼，可是出乎意料的，江忍沒走。安全帽下一雙黑色的雙眸，靜靜地看著沈羽晴走過來。

沈羽晴慘白著臉：「江忍，你聽我解釋，我和他沒什麼，我們要月考了，他借了我幾本書，我還回去而已。」

江忍看了眼那男生的七中校服，又低頭看沈羽晴：「你們七中的，不是不許早戀嗎？妳為什麼會談戀愛？」

沈羽晴說：「因為我真的很喜歡你啊，別的都不在乎。」

江忍意外地安靜了幾秒，「妳喜歡他什麼，成績好？」

沈羽晴愣了好久，才趕緊說不是。她突然覺得，江忍似乎在問她，可是又不像在問她。總覺得像是透過她，在問另一種可能。她想不明白，趁機又說了幾句喜歡江忍。

江忍沒說話，發動車子走了。

呼呼風聲中，賀俊明說：「忍哥，你對她還有感情啊，理她做什麼，那種水性楊花的女人，哪裡有盧月好，沈羽晴才不是像她說的那樣喜歡你。」

江忍看著遠方的路面，手漸漸收緊。

「我知道。」他一直都知道的，那麼多的人表現出喜歡他，卻沒幾個感情是真的，他也從來沒有在意。畢竟……他肆意、不學無術、抽菸打架，還有心理疾病。

風讓他的嗓音變得乾澀，他開口：「賀俊明，她那麼好的成績，為什麼會談戀愛？」

賀俊明呆了呆，以為他是說沈羽晴，他唏噓了幾秒，不確定地答道：「可能不抗拒談？不像那些老古板那麼死板。」

江忍靜默了好幾秒：「那麼，為什麼不可以是我呢？」

她除了成績好也沒多優秀，眼睛還有點小問題，長得也不像沈羽晴那麼招搖，他不介意。而他的病，也是能被包容的吧？

他聲音很輕，在十一月的風中一吹，就什麼都聽不見了。

十一月份七中迎來了期中考試。

對於七中的學生來說，考試如戰場，每個人都在為了這場比較重要的考試做準備。平時活蹦亂跳的趙暖橙也老老實實看起了書。

放學之前，班導師樊惠茵說：「明天和後天兩天要進行期中考試，你們是一班的學生，考成什麼樣別的班都盯著。其他話我也不多說，其他科老師也有交代，我就說說英語的注意事項，英語幾乎都是選擇題，所以答案卡一定要注意填塗別出錯……」

她嚴肅地講了很多注意事項，才對班長關小葉說：「放學的時候，安排同學打掃衛生和貼准考證號。」

因為要換教室，所以教室裡的桌子也要額外排。

一個考場只坐三十個人，幾乎有一半的桌子要移到樓上的空教室。

關小葉收拾好書包板著臉過來：「這次輪到第五小組的八個同學整理座位了，你們放學的時候注意一下。」

她把准考證號貼紙給付文飛：「這個給你分一下，我要回家看書了。」

「我們組有個人請假了。」

「那也沒辦法，其他人多分擔唄。或者你看看別人願不願意幫忙。」

付文飛是個長相俊秀的男孩子，也是一班的副班長，成績比關小葉好很多。他點點頭，眼中流露出些許對關小葉的厭惡。

關小葉瘦小死板，像是書裡走出來的民國老古板。長得也不怎麼樣，當了班長以後總喜歡發號施令。

付文飛一個男生，心中多有不服。

等班上同學走得差不多了，他呼叫第五小組的人打掃衛生。他們組有個同學請了病假，打掃教室搬桌子本來就是苦力活，其他同學自然不肯幫忙。

一共剩下七個人，孟聽也在其中。還有趙暖橙、劉小怡，以及孟聽的隔壁桌洪輝。

幾個人首先就得把桌子搬到樓上。

趙暖橙苦著臉：「我的天啊聽聽，一共三十張桌子，我們七個人搬，至少每個人都要搬四張。從二樓到五樓，我想想就要瘋了。」

七中的課桌是笨重的木頭，那年有些桌子還掉了漆，斑斑駁駁的很難看。

孟聽也有些愁，她安慰地對趙暖橙笑了笑：「沒關係，慢慢來吧。」

一行人先打掃完了衛生，灰塵滿天飛時，趙暖橙和孟聽找來灑水壺灑水。

劉小怡咳了幾聲，用手搧風，突然眼睛很亮地拉了拉孟聽。

孟聽回過頭，劉小怡興奮道：「孟聽，妳看外面，是不是付文飛和沈羽晴？」

付文飛面對沈羽晴和面對死板的關小葉完全不一樣，他清秀的臉上布滿了紅暈，回來把自己的筆記本拿出去，交給了沈羽晴。

沈羽晴笑靨如花，不知道說了什麼，付文飛臉紅透了。

劉小怡嘖嘖道：「沈羽晴的魅力還真是大啊，我們班這種書呆子她也拿下了。付文飛不是挺清高的嘛。但是沈羽晴前男友不是江忍嗎？前幾天還在倒貼江忍，現在就和付文飛搞在一起了。」

孟聽好笑地搖搖頭，班上搬桌子大業已經開始了，每個女生都得搬四張桌子。

劉小怡一想到這個，連八卦的心思都沒了，認命地抱起一張桌子，踉蹌地往樓上走。

木桌沉重，孟聽來回搬完一張時累得氣喘吁吁。

她隔壁桌眼鏡男洪輝臉色也不好，太重了，還得上五樓。他一個男生也覺得分外吃力，忍不住埋怨起那個請假的組員。

趙暖橙悶悶不樂，搬桌子可沒有什麼照顧女生的說法，活太多，大家只能一起搬。

那時候十一月中旬，七中放學已經四十分鐘了，校園裡只間或聽得見幾聲鳥鳴，清脆悅耳。銀杏黃了，幾片落葉飄飄揚揚落下來。

孟聽第二次搬桌子上去，放下桌子喘氣時，見到了一個意想不到的人。

江忍懶懶地靠在三樓的樓梯間抽菸。

風吹動他的銀髮，空氣中傳來淺淡的菸味。

孟聽不知道他為什麼會在這裡，只好裝作沒有看見他，吃力地搬起桌子想繼續往上。

她身姿纖細，有種令人憐惜的羸弱。

他忍不住笑了笑，把菸頭按滅，隨手扔進垃圾桶，然後幾步走到她面前，單手輕鬆接過了那張沉重的木桌，孟聽手中一輕。

「搬到哪？」他把桌子扛在肩上，神態輕鬆，彷彿它沒有重量。

少年銀髮張揚，有幾分痞痞的味道：「說話啊好學生。」

孟聽有幾分心慌：「我自己來。」

江忍皺眉：「給我老實待著，我看妳上了五樓是吧。」

他人高腿長，扛著一張桌子，跟拎個塑膠袋一樣，輕鬆地往樓上走。

孟聽跟在他身後。

他身上有淺淡的菸味，因為暴怒障礙的緣故，菸癮很難戒掉。他情緒有波動的時候就會吸菸來平復。

孟聽也不知道江忍怎麼會幫自己搬桌子，要是被人看見，她八張嘴也說不清。

到了五樓時，江忍停下了腳步，放下桌子。清風溫柔拂過她的頭髮，孟聽見他二話不說都搬上來了，只好輕聲道：「謝謝你。」

她想自己搬進五〇八，剛彎腰，江忍嗤道：「男人幹活，女人看著。去旁邊。」

他腦子好使，縱然孟聽不說搬進哪裡，他一看空桌子堆在哪間就明白了。

江忍搬完一張，氣息都沒亂，問她：「還有幾張？」

孟聽有些心慌，她寧願自己搬。江忍可不可以離她遠一點啊。

她不說話，怕人看見，轉身就想下樓。

江忍氣笑了，媽的，不識好。

他拉住她手腕，掌心的手腕纖細柔軟。

「怕人看見？我不去妳班上行了吧，我在二樓樓梯口等妳，妳搬去那邊。」

他下巴微抬，給孟聽指了另一邊的路，從那裡上去，雖然遠了點，可是班上同學不會看見。

「你放開我，我自己可以搬。」孟聽又羞又氣，臉頰有些紅。

十一月的清風輕輕溫柔拂過她的額髮，她柔軟白皙的小臉透著淡淡的櫻粉。

他笑了，蠻不講理：「別和我鬧，我在那裡等妳，要是妳不來，我就去妳班上找妳。」

孟聽快氣哭了，她什麼都沒做，都沒惹他。

孟聽下樓時，遇見了洪輝。洪輝臉色蒼白，重重放下桌子扶了扶眼鏡，喘著粗氣，一副累得快升天的模樣，走幾步喘幾口氣，喘得跟風箱似的。

趙暖橙跟在他後面，見了孟聽，哭喪著臉：「我要死了我要死了，還有兩張桌子，這簡直不是人幹的活。我腿都打顫了，聽聽妳還好吧？」

孟聽：「……」

她去到教室，把桌子搬出來時，一轉頭果然看見江忍的身影在另一個樓梯口。

孟聽回頭，他們教室裡，副班長付文飛正和沈羽晴說說笑笑的，沈羽晴坐在付文飛的桌子旁，翻看他的筆記。

江忍不是開玩笑，她如果不過去，他真的會來。

他如果來了……

明天全校都會傳沈羽晴、江忍、付文飛……還有自己亂七八糟的一些事。

孟聽一咬牙，只好把桌子搬到樓梯口，你愛搬就搬吧，累死你這個不講理的混蛋。

江忍輕笑一聲，輕輕鬆鬆扛著桌子走了。

少年有的是力氣，他搬完兩張桌子後，臉色都沒變。

而趙暖橙他們還沒回來，空氣清爽，陽臺上一隻黑色的螞蟻忙忙碌碌地前進。

孟聽坐在樓梯上，手搭在雙膝，心中又羞愧又羞恥。

她的同學們在勞動，而她……

江忍站在她面前：「還有嗎？」

孟聽搖搖頭，她抬起眼睛，心想你快走吧。

他唇角上揚：「怎麼謝我啊好學生。」

孟聽心想他好不要臉啊。

「我沒讓你搬，我自己也可以的。」

他眉眼一沉，因為劍眉硬氣，於是給人一種凶巴巴的氣息：「怎麼，不認帳？」

她想起追車的江忍，怕他打她，他本來就不講道理的。

孟聽伸手摸進自己的口袋，然後掏出了一張五塊錢的紙幣，她輕聲道：「那我請你喝水吧。」她向來窮得很，全身上下只有五塊錢。

他低眸看著那五塊錢，拿著錢的那隻手很漂亮，纖細白皙，隱隱還能看到淡青色的血管，彷彿嬌弱得他一掐就能死。

「用五塊錢打發叫花子啊？」

孟聽覺得有些委屈，五塊錢怎麼了，挺多了呀，放在這一年，可以買五個一塊錢的冰淇淋了，還可以吃份餃子。

他嘖了一聲，在她面前蹲下，帶著笑意喊：「孟聽。」

「嗯？」她抬眸看他。

「不要妳的錢，週五放學來看我打球。」他說，「聽懂沒？」

週五那天是籃球聯賽，整個H市的高中都會參賽。因為利才高職最大最新，所以比賽的場地設在了那裡。

孟聽捏緊自己的五塊錢，江忍缺粉絲缺瘋了嗎？她又不喜歡看籃球。

「週五我要考試。」

他眼中的笑意褪去，語調泛著冷：「妳考完的時候，比賽還沒結束。你們學校也要參賽的。」

她疑惑地看他一眼。

他說：「所以，妳必須來。」

不管是想幫誰加油，都得來。

來了才能看他怎麼狠虐七中這群書呆子。

第五章　絕世美人

嚴肅的考試氣氛在七中持續了兩天，週五考完最後一科英語時，所有同學都鬆了口氣。

孟聽收拾好東西回教室，看到有人歡喜有人愁。

趙暖橙和洪輝他們在對答案。

「我覺得應該選C吧，sincere。」

洪輝推了推眼鏡：「我選D。」

見孟聽回來，趙暖橙眼睛一亮：「聽聽，單選最後一道妳選什麼啊？」

孟聽想了想：「D。」

洪輝立刻鬆了口氣，趙暖橙一副天塌下來的樣子。孟聽笑了笑，頗為懷念。這一年就是這樣的，因為她第一的好成績，所有同學對答案的時候都不免問她，彷彿她給出的就是標準答案。

孟聽英語很好，滿分一百五十，她能考一百四十幾分，扣的基本是作文，抑或是一兩道克漏字測驗。

她一直很努力，就連被毀容那兩年，她沒什麼事做的時候，就在接翻譯的活。所以重生回來，考試也沒有生疏。

班上有兩個男生換了球衣，一臉興奮地往外走。

正是之前替孟聽求情不要跑步的李逸龍和劉允。

趙暖橙眼睛一亮：「今年的籃球聯賽啊！好像在隔壁高職舉行，反正明天都週末了，聽聽我們去看比賽吧。」

孟聽想起江忍威脅的話，有幾分猶豫，如果是她自己選擇，她是不會去的。

她不想和江忍扯上什麼關係。

「籃球隊也有我們班的劉允和李逸龍，去幫他們加加油唄。」

孟聽沉默許久，點了點頭。

她向來不喜歡欠人東西，江忍幫她搬了桌子，她如果反悔，心中會不安。

趙暖橙高興得不得了：「走吧走吧。」

她們走到利才高職，才發現裡面很多學生。

十一月的天，呵出一口氣都成了白霧。籃球場上的男孩子們卻穿著短袖和短褲，揮汗如雨。

女生在周邊吼得聲嘶力竭：「五班，加油！」

「十二班，雄起。」

「七中必勝！」

人最多的地方，卻是在籃球場中央，尖叫聲此起彼伏，把比賽推向了高潮。

那些破碎的喝彩聲拼湊出了完整的詞——江忍。

趙暖橙雖然對江忍沒什麼好感，然而此刻也免不了好奇。

「江忍也在比賽啊，我們去看看吧聽聽。」

然而那地方的男生女生裡外都圍了三圈，她們身高不夠，連個人影都沒看見。

場上突然安靜下來，然後爆發出更加激烈的喝采。

「啊啊啊啊三分進了！」

「江忍好帥啊啊啊啊啊！」

孟聽心怦怦跳，重生這麼久，她在熱烈興奮的少年少女中，第一次感受到自己也還稚嫩年輕。

趙暖橙拉著她從人群裡鑽進去，她終於艱難地從縫隙裡看見了江忍。

他穿著紅色球衣，胸前一個黑色的五號，背後正楷寫上「江忍」兩個字。

他銀髮全是汗水，順著他稜角分明的臉頰流下來，打溼了球衣，他渾不在意地用拇指一抹嘴角，傳球運球一氣呵成。

他是這場比賽最高的男生，也是最耀眼的人。

就連趙暖橙也紅了臉，被這股少年的荷爾蒙晃得眼暈。

一頭銀髮絢爛，眼角眉梢都是野性。

他扣籃進了球，環視一圈，卻沒有絲毫笑意。場上的尖叫聲一聲蓋過一聲，他比了一個暫停的手勢，跟裁判說：「換人上場。」

他神色冷淡，誰都看出了他不高興。

江忍隨意坐在替補區，盧月拿了瓶水和乾淨的毛巾過來，也是滿臉通紅：「江忍，你喝點水吧。」

他看了她一眼，眼中更冷。

七中的考試早就結束了。

她騙他！他咬牙，竟然敢騙他！

「別煩我！」

盧月尷尬地走遠了。

汗水打溼了他的球衣，他也沒有擦，甚至一口水都沒喝。

賀俊明身上一個八號，問方譚：「忍哥怎麼了啊，剛剛不是好好的嗎？」

江忍通常不會打到中途就下場，就他那體力，打兩場都不用休息的，簡直非人類好嗎？

方譚看了眼旁邊二十二比八的比分，自己這邊二十二，贏多半是贏了：「他心情不好吧。」

對面七中的選手鬆了口氣，江忍終於下場了。不說別的，那人打球猛，就連加油的女生都倒戈，全場只聽見江忍的名字了，打得他們都沮喪，現在江忍下場，他們開始打了雞血似的瘋狂追比分。

少年銀髮黑眸，冷冷地看著那比分從二十二比八，變成二十四比十六。

賀俊明心慌啊，趕緊喊了暫停休息。他抹了把臉，走到江忍身邊：「忍哥，還是你上唄，那群龜孫兒快反超了。」

方譚往人群中看了眼，一層又一層的人浪中，他似乎看見了孟聽。

因為擁擠，她和趙暖橙到不了最前面，只能偶爾露個臉。

嬌弱的女生，身高也不如前排的男生，被擋得嚴嚴實實。

方譚突然有種大膽的想法，他在江忍身邊坐下，笑著用不經意的語氣說：「我看見孟聽了，在那邊。」

江忍突然抬起頭。

抬眸從人群中看見了她，趙暖橙和她狼狽得很，這地方人太多了。幾個學校的學生都來湊熱鬧，她別說到第一排，看比賽場上一眼也不容易。

孟聽的眼鏡被人撞歪，她連忙伸手扶好，有種慌張的呆萌。

一場比賽，她就顧著照顧她那破眼鏡了。

他卻突然笑了。

江忍走過去，人群都看著他，他穿越半個球場，來到她身邊。

孟聽好不容易把眼鏡扶正，總算鬆了口氣，就感覺周圍靜靜的。

她抬起眼睛，就看見了江忍。

她被紅線攔在外面，而他在紅線內，笑得有點壞：「誰幫我買瓶水和毛巾唄？」

女生們靜默了一瞬，隨即快瘋了，紛紛往後面的福利社跑，人群一下子散開不少，還有立刻遞過來的。

他沒接，從口袋裡摸了張紅色鈔票。

孟聽莫名有種不好的預感，她甚至想掉頭就走。

少年低笑道：「喂，同學，幫個忙行不行？」

他把那一百塊遞到她面前，孟聽抬眸看他，他汗水流過眉骨，笑道：「快點啊。」語氣帶了幾分不羈。

她快氣哭了，頂著這麼多人的目光，她接也不行，不接也不行。

看過來的人越來越多，孟聽搶過他手中的錢，一言不發，看也不看他一眼，掉頭往福利社走。

他站在她身後，看見她紅透的耳尖，忍不住笑了。

江忍戴好護腕，回頭跟教練說：「下半場我上。」

賀俊明呆呆地看了眼孟聽：「那是那個七中眼睛不好的孟聽吧。」

方譚挑眉。

何翰似乎也發現了什麼不得了的東西：「不是吧，那女生眼睛不是有問題嗎？」

賀俊明快神智不清了，他看見遠處同樣臉色怪異的盧月，露出幾分茫然，不是吧，放著盧月這樣的大美人不要，誰他媽喜歡一個眼睛有毛病的女生啊。

然而容不得多想，下半場的比賽很快就開始了。

七中的男生一上場就看見了江忍，心中一陣哀號，面上卻極力鎮定，沒事沒事，比分差距變小了。

結果開場沒兩分鐘，他們臉都要綠了。我靠這人是瘋子啊！他們挖了他家祖墳嗎？對面五號！他們只是打個球，又不是決鬥！

除了罰球，七中的連球都沒摸到，下半場都是江忍在運球投籃，女生們喉嚨都要叫啞了。

江忍的眼睛很亮，眼中似乎有星光。

下場休息的方譚一直關注著人群，臉色卻變了變。

孟聽她……一直沒回來。

直到裁判宣布了最後結果，人群漸漸散去，江忍臉上的笑意也沒了。

賀俊明看他臉色都有點怕：「忍哥……」

江忍一言不發，把手中的籃球一扔，籃球砸在欄杆上，「咚」的一聲響。

利才高職薈萃樓。

此刻正在上演一場鬧劇，這條路本來就是去福利社的。

舒蘭被潑了一身葡萄糖水，她頭髮凌亂，衝上去打那個女生：「臭婊子！」

那女生身邊好幾個人：「怎麼，妳還委屈了？江忍看不上妳，妳就搶張依依男朋友是吧。」

孟聽回來時，恰好撞上這一幕。

舒蘭也猛，衝上去毫不畏怯。她被搧了好幾個耳光，頭暈眼花，卻也恨不得弄死這群人。

她搶人男朋友怎麼了？要是那男的沒有這意思，會被她幾句話就勾過來嗎？自己管不好男朋友，還找她麻煩！

然而一人到底打不過五六個人。

她被抓著頭髮抬起頭時，一眼就看見了毫不關心走過去的孟聽。

「姐！」

她簡直不敢相信這是孟聽，以前自己受傷，孟聽心疼得跟什麼似的。她堅信，就算是孟聽自己被打死，也不會讓她受傷。

可是這個神色安靜，和其他人一樣默默走過去的卻真的是孟聽！

那群女生聽見她喊姐，也跟著看過去，一個穿七中校服綁著馬尾的女生抱著礦泉水和毛巾走過去，她沒有理舒蘭，彷彿只是陌生人。

舒蘭眼中迸發出狠戾的意味。

憑什麼！

憑什麼自己要被打，而孟聽從小到大什麼都有？

她大聲道：「姐，妳不管我了嗎？」

她見孟聽依然往前走，突然轉頭對那幾個女生說：「她是我親姐，現在肯定是去喊人了！妳們完了！」

那女生怔了怔，神色一沉：「把那女的攔住。」

孟聽沒想到舒蘭會來這一招，心中更冷。她怔了怔，比較鎮定，她知道自己打不過她們，她指了指自己的校服：「我是七中的，不認識她。」

那女生見孟聽這麼淡然安靜，一時倒是偏向信她的話。而且一看就是眼睛有問題的，猜測她也不敢多管閒事：「妳走吧。」

舒蘭快氣死了，孟聽竟然真的不管她了，她不管不顧地掙扎：「妳們不信我？妳們不是都想知道先前江忍看見的那張照片是誰嗎？」她手一指：「是她！她是我親姐，她就是想跑然後搬救兵，不信妳們把她的眼鏡摘了。」

孟聽臉色微變，那領頭的女生使了個眼色，一瓶水從頭潑下來。

空氣中都帶著凜冽的冷意。

孟聽在拉扯間眼鏡被人踩碎時，葡萄糖水順著她的額頭流下來。

空氣中有一瞬的安靜。

她不敢睜眼，生怕水流進去感染眼睛。

世界一片驚慌和混亂，那幾個女生突然安靜下來。

「她……」

「她真的是……」

那張照片上的人，長大後的模樣。

孟聽覺得自己倒楣透頂！

她又急又氣，手上的毛巾卻被人拿過去，從頭蓋住她的臉頰，她被人捧著臉，小心翼翼地擦眼睛上的水珠。

那人指節分明，手指滾燙。

涼秋裡，呼吸聲可聞。

她看不見，聽見那群女生結結巴巴的聲音：「江……江忍……」

孟聽聽見江忍兩個字時，全身都僵住了。

時間似乎變得很緩慢，她能感受到周圍那種灼燒溫度的呼吸。

她嚇得顧不上睫毛上的水珠子，慌忙睜開了眼。

那時候黃昏，夕陽斜斜照射在薈萃樓，落下一片剪影。

暖黃色的光線，他捧著她的臉，看著她睜開了眼睛。

江忍很難形容那一刻是什麼感受。

他生平第一次，像個思緒遲緩的蠢貨，碰到她臉頰的指尖都是麻麻的。那股麻意匯成一股細流，衝擊到了心臟，他全身沒了力氣，像是要溺死在這種酥麻裡。

那張以前看見過的照片上的精緻少女生動了起來。

她長大的模樣，成了此刻的孟聽。

她茶色的雙瞳倒映出他此刻的模樣，呆怔的、驚豔的、微不可察癡狂的模樣。

過去所有嘲笑她眼睛的人彷彿一瞬間成了一個笑話。

她有一雙很漂亮的眼睛，純淨透亮，笑不笑都含著星光。一如那晚在小港城裡，他開玩笑與她對視十秒，那一刻透過朦朧紗簾窺見的美麗。

他腦海幾乎一片空白，等到孟聽猛然懊惱地推開他，他腦海裡卻只有一個不爭的事實。

媽的，他完了。

心臟瘋狂跳動到受不了，這是和病發時一模一樣的感覺，然而他並沒有暴戾的衝動，碰過她的指尖都透著一種難以描繪的爽。

孟聽從沒有那麼想把衣衫凌亂的舒蘭拉過來打一頓。

她慌慌張張蹲下去撿自己的眼鏡，那副陪伴了她三年的盲人眼鏡，此刻只剩下一個可憐兮兮的骨架和碎裂的鏡片。她頓覺無力。

那幾個氣勢洶洶的女生呆呆地看著孟聽。

孟聽撿了鏡架站起來，知道這東西報廢不能用了。

舒蘭對上她的目光，帶著幾分呆滯和淺淺的憤恨。孟聽這一刻恍然明白，原來這個便宜妹妹，從很早開始，就已經不待見自己了。

孟聽不太敢看江忍此刻的眼神。

她抿抿唇，也沒想什麼討回公道不公道的事情了。

江忍未來是個殺人犯啊！

她想想整個人都有點崩潰想哭，千躲萬躲，命運跟開玩笑似的，讓一切回到了原地。

她一言不發地往利才校門口走的時候，遇見了跟過來的賀俊明和方譚他們。

等她走了好幾步，賀俊明瞪大眼睛，視線死死追逐著她，半晌，艱難地嚥了嚥口水：「那個美女有點眼熟啊。」真他媽好看，是他長這麼大，見過最漂亮的女孩子。

何翰本來想調侃說，你見了好看的女生都覺得眼熟，然而當看見孟聽的那一瞬，他也愣了：「她是那個金牌上的人。」

就是他們一致覺得真美，美爆了！又純情又漂亮的女孩子。

然而不僅僅是這種眼熟。

賀俊明不可置信地結結巴巴：「她有點像……像七中那個……孟、孟聽啊。」

方譚看了眼江忍，點點頭：「是她。」

我靠！

賀俊明快被衝擊得瘋了，不是吧！那個不起眼的小瞎子，只是成績好、一無是處的七中高材生，和照片上的小美女是同個人！

彷彿是指著一個小山丘，說它比聖母峰還要高。

然而這個小山丘，還真就見了鬼比聖母峰高了！

何翰臉忍不住泛紅，多看了兩眼。

那時候籃球賽已經結束了，校園裡頗為安靜，只有還在收拾場地的學生在打掃籃球場上留下來的垃圾。

江忍好半天才回過神，猛地朝著她離開的方向追了過去。

孟聽要出校門，得穿過利才的楊柳樹小道。這季節楊柳枝光禿禿的，只有褐色的枝幹在涼風中搖擺。

她才走到一半，猛地被人拉了過去。

他喘著氣，額頭上都是汗，眼睛黑得驚人。

孟聽背靠著光禿禿的枝幹，有些惱怒地看著江忍。

他發什麼瘋啊！

「你做什麼？」

風夾雜著她身上的味道蠻橫地進入肺裡，他的手抵在她身後的楊柳樹上，將她困在方寸之地，眼睛眨也不眨地看著她卻不說話。

這姿勢，在她死那年，算是個非常羞恥的姿勢。而這年保守，還很少有人這樣幹。

孟聽伸手去掰開他的手臂，少年帶著黑白護腕的手臂結實，她沒留情，懼怕他又討厭他，就使了十足的力氣去推。

然而臉都憋紅了，他手動都沒動。

她快氣死了！這是神經病嗎！

「神經病」默默看她垂死掙扎，突然笑了，江忍不許她動：「孟聽。」

她抬眸，眼眶都氣紅了，像是眼尾點上絢爛的三月桃花，美得不可方物。

「為什麼騙我？」

她不解地看他，那乾淨的眼睛直接表達出了她的想法——我什麼時候騙你了？

江忍低笑：「妳的學生證，玩我呢。」他帶著幾分放肆的壞打量她，「這麼好看，怕我對妳做什麼啊？」

孟聽總算想起自己確實騙過他，她說自己眼睛受了傷很嚇人，就跟學生證上一樣。江忍那時候是信了幾分的。

她的謊言被拆穿，有些羞惱，一矮身就從少年結實的手臂間鑽了出去。

她臉蛋燒得通紅：「江忍，你能不能好好說話，不要動手動腳。」

他眼中帶了幾分笑意：「不是還沒做什麼嗎？」

孟聽不想理他，她心情複雜又糟糕，一言不發就想往外跑。

他看見她懷裡的水，笑得有點壞：「靠，拿著我的錢跑路啊？一百塊找錢呢？」

孟聽才想起還有這回事，她腦子亂糟糟的，連忙在口袋裡一模，還剩八十六塊。她疊得整整齊齊，放在少年的掌心裡。

孟聽認認真真地解釋道：「水兩塊錢，毛巾十二塊。」

她怕他不信，這年物價遠遠沒有後世那麼貴。那條劣質毛巾，頂多就值三四塊，然而籃球賽讓商販們哄抬物價賺瘋了。

他看著那隻白皙柔軟的手，被她摸過的錢似乎都帶了女孩子那股動人的氣息。

孟聽把水給他，他接過來，然後她小聲說：「毛巾……」毛巾被她弄髒了，江忍用來幫她擦水珠和頭髮了，還被她緊緊攥在手裡，「毛巾的錢，我改天會賠給你。」

他忍不住彎了彎唇：「不要，就這個，拿來啊。」

她想這到底是人家的東西，猶豫著遞給他了。

孟聽鬆了口氣，總算和他沒有瓜葛了。她轉身朝著校門口走了，楊柳枝在秋風中柔韌飄搖，她的背影很快消失在校園裡。

江忍背靠著樹，看著她的背影，擰開瓶蓋灌了幾口。

他動作不羈，礦泉水順著他的下巴流下來，經過喉結，弄溼了衣領。

賀俊明他們過來時，還是沒回過神。

比賽完的餘熱還沒散去，他們這群人連汗都沒得及擦，就跟著江忍去找人了。賀俊明去扯江忍手中的那條毛巾：「熱死了，給我擦一下。」

江忍用水瓶隔開他的手：「滾遠點，別弄髒了。」

賀俊明無語了，他媽的有事吧，一條毛巾，不就是拿來擦汗的嗎？

何翰想了想，還是忍不住問出來：「忍哥，剛剛那個是孟聽啊？」

江忍「嗯」了聲。

賀俊明總算把心聲吐露出來了：「我之前覺得他們七中的沈羽晴超他媽漂亮，但是孟聽更好看啊！他們學校的人都眼瞎嗎，她成績也很好吧，上次盧月和她比賽都輸了。成績逆天，長得漂亮，這種好學生在我媽眼裡就是別人家的孩子。」

他全然忘了自己也曾嘲笑過孟聽的眼睛。

何翰嘖了聲：「算了吧，她和沈羽晴一看就不是同類人。」

賀俊明：「也是，上次在小港城，她快哭了吧。沒意思，這種玩不起，她指不定多瞧不起我們這種人。」

方譚心頭一跳，看過去，果然江忍臉上的笑意已經沒了。

他顯然也想起來了。

他們這群人之前做過什麼，騎著山地摩托車搶過人家東西，強行帶去過小港城。那個和孟聽一起的女孩子都被羞辱哭了，孟聽會待見他們才怪。

而且成績好的人向來有種優越感，他們不都習慣了嗎？

賀俊明這個傻子本來還想感嘆下孟聽真漂亮，卻見「咚」的一聲，江忍把空瓶子扔進垃圾桶，拿著他的毛巾，一言不發地走遠了。

方譚一巴掌拍在賀俊明的背上：「二百五嗎你，沒看出忍哥臉色不對啊。」

賀俊明茫然道：「啊？」

孟聽回到家時，舒志桐看到她沒戴眼鏡了，一把年紀的男人激動到話都說不清楚了：「聽聽眼睛好了嗎？」

舒楊抬起頭，似乎有些意外，早好的事，孟聽怎麼沒跟爸說。

孟聽點點頭。

舒爸爸語無倫次：「好了就好，好了就好。」

她心裡突然有些難受。

兩輩子以來，她敬重敬愛這個偉大的父親，然而卻無法再真心愛這個家庭。舒蘭今天做的事，幾乎打破了她想要改變的一切。

沒多久，狼狽的舒蘭回來了。

她臉上帶著巴掌印，見到舒爸爸和舒楊眼淚就往下淌：「爸，哥，我今天被人欺負了。」

舒爸爸臉色一變，拉過女兒看她的傷：「誰做的？」

舒楊皺眉，看了眼孟聽，倒是沒說話。

舒蘭突然轉頭，憤憤看著孟聽：「爸，我今天被打的時候，孟聽就從旁邊路過，她根本沒打算救我！我再也不認她這個姐姐了！」

舒爸爸一聽第一反應卻是呵斥舒蘭：「妳瞎說什麼！」

舒蘭委屈死了：「真的！我沒說假話，你們都說孟聽懂事聽話，可是她心思最惡毒了！你說姐妹要相互關愛，她哪點像姐姐了。」

舒爸爸還要再教訓舒蘭，孟聽卻一把把自己手中的鏡架扔過去，清脆的響聲砸在舒蘭腳邊，她下意識噤了聲。

孟聽從沒這麼清晰地認知到，自己在這個家是個外人。因為舒爸爸不是親生父親，縱然他再好，自己受了委屈，只能默默往心裡嚥，不能訴苦，更不可能去控訴他的親生女兒。

舒蘭卻可以，舒蘭哪怕再壞都可以。

她可以惡人先告狀，也可以肆無忌憚地喊爸爸喊哥哥，來排斥她這個外人。

孟聽不再沉默：「我不知道妳為什麼被打，但是妳可以和舒爸爸仔細說說。我沒幫妳我不後悔，再來一百次我都不會幫妳。舒蘭，妳說得對，我們從來就不是姐妹。」

她覺得嗓音艱澀：「對不起舒爸爸，我很快就會搬出去。我外公外婆他們……」

舒志桐突然說：「行了！」

他撿起地上的眼鏡，對著舒蘭說：「妳先給我回房間！」他語氣嚴厲，舒蘭不得不聽，走前看了孟聽一眼，不無得意。

等舒蘭和舒楊都走了，孟聽握緊拳頭，肩膀輕輕顫抖。

舒志桐嘆息一聲：「聽聽，發生什麼事了？妳說爸爸都信。」

孟聽眼眶紅了，她恨不得嚎啕大哭，訴說兩輩子的生活加起來的酸楚和委屈，說她是怎麼被毀容，然後被親戚排擠，說舒爸爸死後那幾年，自己有多難過，說舒蘭的不懷好意。

她甚至第一次想，為什麼自己的親生父親要拋棄母親，而這個和她毫無血緣的男人卻說：女兒，妳說什麼爸爸都信。

然而重生這種匪夷所思的事情，連她自己至今都覺得像是一場夢，離得越久，那種記憶越模糊，恍然成了一輩子，卻在漸漸遠去，只有如今的自己才最真實。

她誰也不能說。

她努力把抽噎聲吞回去，把下午和舒蘭的糾葛說了一遍。

舒志桐皺著眉，這才明白事情的嚴重性，已經遠遠不是姐妹倆鬧彆扭的問題。他說：「聽聽，我看著妳和小蘭長大，妳們小時候有一次去鄰居家玩，他們家養了一條大狗。牠衝過來的時候，妳和小蘭都害怕，可是妳抱住了小蘭，那狗差點咬傷了妳。妳一直是個好姐姐，所以爸爸相信妳，妳之所以不認這個妹妹，她一定做了讓妳傷心難過不能原諒的事情。」

孟聽帶著鼻音：「舒爸爸，你別說了。」再說她忍不住要哭了。

這是她兩輩子最好的親人之一。

舒志桐說：「是我不好，沒有時間教導你們。小蘭性格有問題，我會好好教育她，聽聽不要再說離開家的這種話，這裡就是妳的家。」

他說得斬釘截鐵，孟聽眼眶泛酸，終究不能再繼續傷這個養大她的人的心，點點頭。

舒志桐嘆息一聲，去教訓舒蘭了。

舒蘭沒想到自己的爸爸會向著孟聽，她又吵又鬧，氣得舒志桐險些把她打一頓。

後來還是舒楊突然說：「妳鬧夠了沒有，孟聽不是說讓妳把為什麼挨打的事情說一說嗎？妳不說我就去問她們，我去幫妳討回公道總行了吧！」

舒蘭這才不敢鬧了，不甘心地說：「她們就是看我不順眼。」卻死活不敢提自己搶別人男朋友的事。

這事告一段落。

然而誰都相信，從那天開始，孟聽再也不是舒蘭的姐姐。

週一孟聽去上學時，舒爸爸慣常檢查她的眼睛。

許久後才溫和地笑笑：「聽聽長大了，是最好看的女孩子。」

單親家庭的孩子，從小乖巧懂事到讓人心疼，是上天恩賜下來，卻沒有厚待的天使。

他鼓勵道：「眼睛好了以後，勇敢一點生活！」

孟聽點點頭，良久露出了笑容。

沒什麼好害怕的，事在人為，既然她重來一次，就要好好生活。

她上學的時間和舒蘭舒楊錯開，比他們都要早，走出社區時，孟聽有種重新擁抱世界的感覺。

那個十四歲時耀眼明媚的少女，她一直都是她啊！

早上的公車人很少，孟聽從上車開始背單字，車上的人都忍不住看幾眼這個漂亮清靈的少女。

這種被關注的目光她從小到大都不陌生，最初是喜愛和驚豔，後來是看盲人的同情，如今又變回了欣賞的目光。

孟聽看著窗外，單字一個個在腦海裡重複。世界是彩色的，她輕輕吸了一口氣。

她來得早，那時候才七點鐘，門口的保全都打著呵欠。

孟聽打算從包裡拿出學生證，卻一眼看見了校門旁邊那輛扎眼的山地摩托車。

江忍靠在車旁，他腳下有好幾個菸頭。

冷風瑟瑟的早晨，他穿了件黑色外套，銀髮被風吹得有些亂，有些張揚的美感。

然而怎麼看，都是個不折不扣的壞學生。

孟聽垂下眼睛，心中有種不太好的預感。

她剛想掩耳盜鈴地從他身邊過去，他心中暗罵了聲靠，卻忍不住笑道：「喂，孟聽，我六點鐘就在這裡等妳，妳敢進去試試？」

她只好說：「我要去上課了。」

江忍把菸扔了：「騙誰呢，八點的課。」

他怕她真的進去，於是說：「我就問妳幾個問題行不行？」

那時候陸陸續續有學生來了。

江忍本就引人注目，她沒辦法，只好點點頭：「那你問吧。」

他靠近她，身上帶著晨露和淡淡菸味：「妳是不是怕我啊？」

孟聽尷尬地搖搖頭，因為撒謊，她臉蛋薄紅。

「那看著我。」

她幾分猶疑地看著他，淺茶色的瞳孔，剔透的美麗。

他失神了片刻，心跳反而加快了。他忘記自己想問什麼了，似乎什麼都不重要了。

昨天那樣的驚鴻一瞥，真的不是夢。

他從車上拿出一個盒子塞到她手上，裡面沉甸甸的。

他第一次意識到自己和她的差距。

她依然穿著那件在他眼裡俗氣的校服，紮著高高的馬尾，柔軟的長髮垂下來，有種難以言說的乖巧和青春漂亮。通身的氣質，顯然是那種「玩不起」、他這種人碰不得的好學生、隔壁學校的第一名。

他想靠近她，卻突然想起昨天賀俊明的話，她和沈羽晴這種可不一樣，指不定心裡多瞧不起他這種不學無術的紈褲。

「拿好，我走了。」他說完就上了車，俐落地戴好安全帽。

江忍沒去上課，直到離開了她，他才覺得自己瘋了。

他昨晚一宿沒睡，到處在市裡買那東西。這季節太難搞了，六點鐘才騎車回來，在七中校門口等她。

夜風森冷，他吹了城市一宿的風，卻沒有絲毫清醒，反而越來越瘋。找了一夜，終於在種植區找到了那東西。

他一開始就沒想欺負她，真的。

孟聽等他走了，打開手中略沉的盒子。

盒子裡面是一個籃子，籃子裡面整整齊齊地裝了還帶著晨露的小草莓。

孟聽到教室的時候還早，班上只有兩個人，一個是班長關小葉，關小葉是第一個來開教室門的。

還有一個就是洪輝，洪輝是班上念書最努力的人，據說他每天晚上回去寫作業和看書都要到十一點，只不過成績老是上不去，一直在班級中游。

孟聽走進來時，關小葉第一個看見她。

然後筆不小心就在紙上畫出了一條粗粗的線，目光呆了一樣盯著孟聽。

孟聽有些不自在，然而還是溫和道：「早上好。」

她在自己的位子坐好，洪輝覺察身邊的人坐下來了，很激動地翻開化學課本：「孟聽同學妳來了，這道元素推理題我昨天想了很久，這裡填好硫酸銅以後就推不出來了，妳能……」

孟聽接過他的化學課本，上面黑色的水性筆已經做了反覆的修改，證明洪輝仔細算過。

她長睫垂下，沉吟片刻，心中有了答案，抽出一張計算紙，語氣輕輕道：「這裡不是硫酸銅，你看前面講的一連串反應，和硫酸銅不一樣。」

她用計算紙推算化學式，思緒脈絡清晰，邊寫邊講，怕打擾關小葉背書，她語調輕到近乎柔軟，一道推理題很快的就寫完了。

「你聽懂了嗎？」她抬起眼睛，看到心不在焉的洪輝臉色爆紅，一路紅到了耳根。

孟聽輕輕皺眉，他連忙結結巴巴地道：「懂、懂了。」

然而熱愛念書、一心只有念書的洪輝，第一次連她講了什麼都不知道。

他也和關小葉一樣，心中被難以言說的震驚弄愣了。

這個人是……他的隔壁桌孟聽？

洪輝至今記得調換位子坐孟聽隔壁時，班上那群惡劣嘴賤的男生調侃道：「喲喲洪輝，要和她當隔壁桌，豔福不淺啊。」邊說邊做了個模仿盲人亂抓的動作。

洪輝有些生氣：「孟聽是第一名。」

「書呆子眼中只有第一名哈哈哈！」

還不等洪輝生氣，女生們就扔了一本書過來：「你再說孟聽我就去告訴樊老師。」

「嗤，多大了，還告訴老師！」然而到底沒再議論了。

其實一直是這樣的，每個班都有一部分吊車尾的同學。也有品行不好的同學，班上很少人會拿孟聽的眼睛說什麼，大部分是同情憐惜的。

卻不知道為什麼在今天，洪輝猛然想起了那天那群人嘴賤地調侃「豔福不淺」。

豔福不淺……

這個年紀的男生，再死板對那方面也是敏感的。

他臉爆紅，感覺都快坐不住了，只好心不在焉地拿起那張紙，看孟聽清秀的筆跡推理過程。好在等了許久，終於平靜下來了。

以前不覺得，現在坐在孟聽身邊，有說不出的彆扭，也不是難受，就是容易分心。她眼睛好了，竟然這麼漂亮！

孟聽到了教室，開始練習生物遺傳性狀推理題，這年試卷還沒有變成全國卷，升學考的題型比較固定，試卷最後一道大題肯定是性狀推理題。

她上輩子沒有參加升學考，她念書念到高三上學期，就發生了意外。被大火燒傷毀容，一直在醫院養傷，升學考前不久，舒爸爸出了事，孟聽錯過了升學考。

既然重來一輩子，她不會讓這些事發生，也想要順利念上大學。

她心中和其他同學一樣，也對大學這個神聖的地方充滿期待。

到了七點十幾分，班上同學陸陸續續來了，然後都和關小葉洪輝同個反應，高中一年多以來，教室第一次安靜如雞，全部都用一種不可思議的眼神看著孟聽。

要是一開始孟聽就這麼漂亮，大家縱然會偷偷看，也不會愣成這樣。關鍵是那張高一時就照好的學生證，看了一年那張辣眼睛的照片，突然有一天發現人家是個超級大美人，整個人都被反差弄愣了。

學生們一個一個來，有些沒有注意到孟聽的，會被周圍的同學用手肘推了推，順著目光看過去，一臉吃驚：「她……她是孟聽？」

趙暖橙和洪輝不一樣，她在高二這一年依然貪睡，來得很晚，等班上的人陸陸續續來齊了，她才睡眼惺忪地啃著包子過來，怕包子味重，她還在教室外面吃完了再進來。

她這個人比較呆，一進去看到孟聽時，她的臉蛋頃刻紅了，然後下意識以為自己走錯了。

看到洪輝和劉小怡時，才發現自己沒走錯。

她跟孟聽比較熟，自然一下子明白這是孟聽，她嘴巴上的油都來不及擦，雙眼亮晶晶地在自己的位子上坐好：「聽聽！妳眼睛好啦！」

孟聽笑著點點頭。

她笑起來很漂亮，瑩潤的大眼睛微彎，睫毛捲翹，有種天然的靦腆純情。

趙暖橙快激動瘋了：「我靠我靠妳好漂亮啊我的天！」她以前怕傷到孟聽，從來不敢直勾勾地盯著孟聽眼睛看，怕提起孟聽的傷心事，沒想到她的好朋友現在是這麼漂亮的大美人。

她激動得不知道說什麼好了。

天啊，聽聽比那個十四班的沈羽晴還好看！

要知道沈羽晴可是公認的校花啊！

然而聽聽這副模樣，簡直就是每個男生都想擁有的初戀模樣啊。

上午是樊惠茵的早自習，她抱著英語書走進教室時，皺眉板起臉：「我都說什麼了！早上不要竊竊私語聊天，要大聲念英語單字！你們都高二了，要對自己的未來負責。」

聊天聲立刻變成起起伏伏背誦單字的聲音。

樊惠茵看見了自己的英語小老師，也愣了愣，隨即對孟聽說：「妳來辦公室一趟。」

孟聽跟了過去。

等老師和孟聽一走，班上簡直炸開了鍋，嘰嘰喳喳全在討論眼睛好了的孟聽。

樊老師在辦公室裝了杯水，然後示意孟聽也坐。她看著孟聽，表情一如既往地嚴厲，語氣卻透著淺淺的關懷：「妳眼睛好了嗎孟聽？」

孟聽點點頭。

樊老師雖然覺得以貌取人不對，然而還是皺眉提醒道：「今天該妳去國旗下講話，妳這樣……」

梧桐樹上鳥兒躍上枝頭，用鳥喙梳理自己的羽毛。

孟聽認真聽樊老師講話，樊老師卻突然講不去了，嘆了口氣：「唉，妳這孩子，長得倒是不錯。」總不能因為人家變好看了就不許她去發言了吧。

「發言稿呢？」

孟聽拿出來給樊老師看。

樊老師看完以後滿意點點頭，孟聽寫得很正能量，挑不出什麼錯。

見孟聽把學生證掛在脖子上，穿著藍白校服，樊老師一看那照片都覺得這什麼破技術，她揮揮手，讓孟聽回去了。

七中有個規矩，每週一升旗時，都要選出一名學生代表來講話，而這名學生代表默認為班上第一名。

第一年輪到孟聽時，教務主任考慮到孟聽的情況，猶疑地說：「樊老師，不然你們班換個人吧？」

樊惠茵不贊同地搖搖頭：「孟聽雖然眼睛不好，可是很優秀，如果學校因為她的眼睛換掉她，學生容易產生自卑心理。」

於是每學期輪到一班，都是孟聽上去發言。

好在學校班級多，一學期每個班頂多兩次發言的機會。而且人換來換去，學生們也不耐煩聽雞湯，除了知道高三那個很漂亮的盧月學姐，鮮少有人去關注孟聽，頂多因為她奇怪的眼鏡多看兩眼。

這天是十一月二十號。

冬天悄然而至，學生們校服下都穿了厚厚的冬衣，看上去笨重而臃腫，一眼望過去，跟一塊地裡出產的大白菜一致。

女老師們冷得直搓手呵氣。

其他班發現今天高二一班的人格外怪異，基本上每個人都伸長了脖子往臺上看，透著一股說不出來的興奮勁。

主持人清脆的聲音說：「下面有請高二一班的學生代表孟聽同學進行國旗下發言。」

下面懶懶散散地響起一陣意思意思的掌聲。

孟聽拿著發言筆記本走上臺，握住麥克風開口，嗓音清甜：「大家好，我是高二一班的孟聽，今天我發言的題目是〈珍惜時光，不負國家〉。」

萬年老套的學校標準式雞湯，一聽就讓人昏昏欲睡，倒是有人因為好聽的聲音和標準的普通話看了過去。

晨露從枝椏凝結滴下，呼出一口氣都在冷空氣中變成了白霧。

臺上的少女穿著再簡單不過的校服，藍白外套、黑色長褲，馬尾用髮圈束好，長髮清爽，空氣瀏海有幾分柔和安然的意味。

她氣質很好，然而……臉蛋更好！

不管在哪個年代，人們對於美麗的東西總是沒什麼抵抗力，很快前面一陣嘰嘰喳喳議論開來。

頭頂快禿了的教務主任頂著啤酒肚呵斥道：「都給我安靜一點，哪個班再吵，就扣操行分！」

總算安靜了下來。

後排看不見卻嗅到了八卦的味道，知道肯定發生了什麼，但他們看不清臺上的人，心中有些鬱悶。

然而每個人都為了好奇心想方設法打探，最後終於得出了一個讓人震驚的消息——據說一班那個眼睛不好的孟聽，現在眼睛好了，比高二十二班的校花沈羽晴還漂亮！

這可不得了！

沈羽晴之所以那麼傲，就是因為有一副好皮相，大家也公認她算是有史以來七中比較美的一屆校花。

比校花都好看了，那校花的稱號不就該易主了嘛！

於是一篇神奇的雞湯論，所有人竟然都炯炯有神地聽完了。

盧月震驚到不行，她當然記得孟聽，孟聽在奧數比賽上打敗過自己，可是那時候她安慰自己孟聽只不過是一個眼睛有問題的同學，現在整個人都快愣了。

如果孟聽她不僅僅只是成績好呢？

她想起那天江忍滿臉不耐煩地讓她滾，最後卻笑著讓孟聽去買水，心中五味雜陳，手不自覺握成了拳頭。他們高三站在後面看不見，然而換校花這麼大的八卦，像拂面的秋風，悄無聲息又迅速地傳到了這裡。

十二班的沈羽晴心裡更不好受，臉色忽青忽白。

孟聽下臺時，也感覺到了一些變化。然而活了兩輩子，她心境堅韌了許多，倒是不太在意這些了。

週一放學前，樊惠茵占了物理老師一節課。

教物理的鄧老師不滿道：「我的課程也趕啊，樊老師找其他老師商量嘛。」

一班的學生也覺得煩：「鄧老師肯定堅持不到兩分鐘的，樊老師太強勢了。」

果然沒過多久，鄧老師走了，樊老師進來，讓大家拿出英語課本，班上同學在心中哀號。

放學時，卻迎來了一個讓人難以置信的好消息。

樊老師說：「學校安排了一次『暖冬爬山』活動，希望大家注意鍛鍊身體，就在這週三，我們去爬萬古山。」

班上一陣歡呼。

孟聽卻愣了愣，她記憶裡是有這件事的，那年他們班去爬萬古山，江忍也跟來了。

那時候她已經是七中校花了，然而那時候江忍過來和她說話，她一句都沒有理會。

趙暖橙那年說：「聽聽不要理他，他肯定是來和沈羽晴廝混的，看妳好看就來搭訕。這種人……嗤，不學無術，才不是什麼好人，最喜歡找美女玩玩而已。」

孟聽鄭重地點頭。

以至於上輩子，她都以為江忍是玩玩而已。

或許是求而不得，讓他整整追逐了自己一年，做了許多瘋狂的事。

想到這裡孟聽有些憂心。

江忍他……這次不會來了吧？她不確定地想。

江忍趴在利才的教室補覺。

老師看了他好幾眼，到底沒說什麼，算了，這種富二代，愛學學，不學拉倒。

賀俊明發現今天忍哥來得特別早，一來就趴桌子上睡覺。

賀俊明小聲道：「忍哥怎麼了啊。」平時打遊戲打通宵也沒這麼累。

何翰指指江忍的褲管，少年牛仔褲上，全是冬天冰冷的泥土。

賀俊明嘴角一抽：「他半夜種地去了啊。」說著他自己越想越搞笑，最後忍不住爆笑出聲，老師一瞪眼：「賀俊明。」

「騷瑞騷瑞啊！」他忘了還在上課，用蹩腳的英語應答道。

江忍睡醒已經放學了，他懶懶往後一倒，靠在椅子靠背上伸了個懶腰。

他嗓音透著沙啞：「幾點了？」

賀俊明報了時間，問他：「忍哥下午去打撞球嗎？」

江忍隨意點點頭。

「忍哥你昨晚幹嘛去了？」

江忍看也沒看他：「你管老子。」

賀俊明摸摸鼻子，他也是好奇嘛。

中午放學一行人去餐廳吃飯時，遇見了七中的幾個人。

他們這群高職的富二代有錢，基本上不在學校吃飯。外面的美食街被他們吃了個遍，連老闆都知道這群少年大爺。

那幾個七中的人在討論早上升旗儀式的事。

江忍上樓時聽到「孟聽」兩個字，腳步頓了頓。

賀俊明也聽到了，嘖嘖道：「長得漂亮就他媽不一樣啊，不過才一天，她應該都在七中出名了吧。他們學校校花應該要換人了，這妹子那麼好看，追她的肯定多。然而她那種人，我從小就見多了，高冷得很，我以前和這種妹子搭訕，人家都是愛理不理的。不知道誰能……」

方譚捂額，看著沉默的江忍，對賀俊明的智商一陣絕望，豬都比他聰明，這二百五傻子！

這年樓層不隔音，仔細聽人家講話時是聽得見的。

他們吃飯吃到一半，江忍卻突然下樓。

何翰說：「忍哥去幹嘛啊？」

方譚搖頭，他也不知道。

江忍去到那群七中的學生那桌，他們見了他頓時安靜下來。原因無他，這少年張揚，銀髮耳釘，通身不好惹的氣息，大家猜到他可能是隔壁高職那個被逐出豪門的江忍。

江忍一笑，有幾分懶散肆意：「老闆過來，這桌我請了。」

他轉頭看著侷促不安的七中「好學生」們，嘖了聲：「別緊張啊同學們，就想問你們件事。」

他邊把錢給老闆，邊不經意地問：「你們七中要去爬山？」

那桌的男生有些怕他，畢竟聽過傳聞，連忙點頭：「對，這週三到週末，幾個班分開去，爬學校後面那座萬古山。」他見江忍認真聽著，幾乎下意識把知道的消息都告訴他了，「好像是高三不去，高一高二都去，從高二開始，十二個班為一大組去爬山，到山頂去向百年老樹許願。」

「謝了。」

江忍他們下午原本要去打撞球，一群少年騎著車蹺了課，去最繁華的商業街。

那時候的少年，衣襟帶風，摩托車的引擎聲震天響，惹得路人或是駐足觀看避讓，或是暗罵幾聲小混混。

冷風被安全帽擋住，江忍腦海裡卻都是賀俊明無意中說的話。

她該是七中的校花了吧。

她本來就討厭自己，原來眼睛有問題時都不太喜歡理他，她現在又白又乖又漂亮，喜歡她的不知道又有多少。

他生平第一次對路人投來的輕視厭煩目光感到不舒服。

路過時裝店時，江忍突然停了下來。

賀俊明說：「忍哥怎麼啦？」

江忍轉頭，把安全帽取下來，審視玻璃櫥窗中的自己。

那年他銀髮散亂，頭髮堪堪遮住眉骨，身上穿破洞牛仔褲，一看就不是什麼好學生，通身透著骨子裡的壞。他和她都不在同個世界。

江忍抿抿唇，戴上安全帽。

「不去打撞球了。」

「啊？那去哪裡啊？」

「理髮店，別跟著老子。」

第六章　不抽菸了

七中的爬山活動是第一年舉行，校領導分外重視這次爬山，畢竟開創先例以後，也許還會成為學校的傳統。

然而安全因素卻是學校最憂慮的一個問題，畢竟那麼多學生，要保證一個都不出事，也要承擔很大的風險。

因此整個學校的出行分了好幾天，十二個班級為一個大團體，班導師隨行約束學生。

學校和教育局報備過，挑了個比較好的天氣出行，山下甚至還守著幾輛警車和救護車。

週二又上了一天課，同學們都在期待週三的萬古山之行。

週三如期而至。

孟聽早上從家裡出發時，舒爸爸特地叮囑道：「萬古山很高，那顆老樹在山頂，聽聽妳要是覺得累，就跟老師請假知道嗎？」畢竟眼睛剛好，太累的時候會脹痛。

孟聽點點頭，她知道量力而行。

舒爸爸又讓她把保溫杯、雨傘，還有中午的便當都在書包裡放好。保溫杯裡裝了熱乎乎的葡萄糖水，雨傘是以防萬一的，畢竟H市的秋天，秋雨說下就下。

便當是孟聽自己炒的蛋炒飯，舒爸爸的實驗室很忙，幾個孩子生活都蠻獨立。那年萬古山還沒有開發，山上自然沒有賣水和飯的地方，孟聽把家裡白色和藍色的便當盒洗乾淨，炒飯分裝進去，穿上保暖的外套就出門了。

同樣的東西，舒楊也有一份，孟聽把藍色的便當盒遞給他，舒楊沉默地接過來，轉身就走了。

舒爸爸瞪眼：「臭小子！」不免又要叮囑舒楊照顧姐姐。

孟聽失笑，跟在舒楊身後出門了。

他們需要去學校門口集合，班長清點好人數以後，十二個班級排好隊浩浩蕩蕩向萬古山出發。

孟聽他們是一班，於是排在了最前面。

學校今天倒是人性化了，只讓學生注意保暖，沒要求穿校服。

一群青春蓬勃的少年少女在班導師的領導下精神飽滿地出發了。

人多就走得比較慢，學生們打打鬧鬧，像是被放出了籠子的鳥兒，興奮無比。

樊惠茵搖搖頭，卻也露出了一絲笑意。

人群不知道什麼時候有人歡樂地唱起歌來。

孟聽和趙暖橙並肩走在一起，趙暖橙時不時就偏頭看孟聽一眼，然後臉蛋紅紅地轉過去，媽呀她還不適應聽聽變得這麼漂亮。朦朧山色晨光裡，孟聽的臉頰都彷彿有種柔和美麗的光。

不光她在偷偷看，一班的同學也忍不住看過來。

趙暖橙聽她們唱歌，有些激動：「聽聽妳會唱歌嗎？」

孟聽愣了愣，點點頭。

趙暖橙興奮慘了：「我從來沒有聽過妳唱歌，聽聽妳唱首歌唄。」

人群蜿蜒，群山盡在腳下。

重活一輩子，孟聽看著許多青春的面孔，感激生命的來之不易。

她心情輕鬆，也沒有掃了趙暖橙的興，想了想：「我會唱的不多，妳別嫌棄。」

她順著山路輕輕唱：「從一個高的地方去遠方，從低處回家稍縱即逝的快樂，轉動的車輪它載著我，偶然遇見月光傾瀉的蒼白色。」

她語調很輕，被晨風一吹，有種輕顫的甜蜜。趙暖橙一時聽呆了，她只是隨便提議，但是沒想到聽聽唱歌真的很好聽啊！

「彩色的路標，禁止通行的警告，天空之下，我們輕得像羽毛。」

一輩子有時候卻輕得像羽毛。

她聲音甜得不行，卻沒有那種膩人的嗲，周圍離得近的人都不唱了，吃驚地看過來。

孟聽有些不好意思，唱完一段有些窘迫。

趙暖橙激動到語無倫次：「我的天啊啊啊啊，聽聽妳唱歌好好聽啊！」

孟聽她有幾分失神，其實她跳舞和彈鋼琴每一樣都比唱歌有天賦，然而這些東西，隔了兩輩子的時光，成了不敢觸碰的回憶。

這是一首幾年前的老歌，叫〈日光傾城〉，孟聽唱起來卻別有一番韻味。

一開始學生們還是興奮的，然而爬山爬到四分之一時，才發現這條路遠遠不是他們想像的遊山玩水。

趙暖橙覺得自己成了一條岸上將死的魚，腳上像灌了鉛一樣沉重。

「媽呀不想走了，這比軍訓還磨人。」

不光學生們受不了，女老師也呼呼喘氣，哪怕今天大家都穿平底鞋，然而腳後跟還是隱隱作痛。

樊惠茵也累，但是作為班導師她要做好表率：「同學們！老師常常說要堅持，念書和爬山是同個道理，到了山頂的機率和考上好大學一樣艱難，每個人都要有頑強的毅力才行！」

趙暖橙要吐血了，小聲地在孟聽耳邊道：「道理我們都懂，但真的好累啊天啊！」

孟聽擦擦額上的汗，書包裡的水杯和便當盒都不輕，她也有些吃不消。他們早上七點半就開始爬山了，現在十點了，才爬了四分之一，很讓人絕望。

樊老師帶頭往前走：「我們早點上去許完願，就可以早點下山！」

學生們垂頭喪氣地跟上去，再也沒有唱歌的興致了。

沒多久，排好隊的同學徹底打亂了順序，有些同學跟不上也沒辦法。

老師們一商量，嘆了口氣，讓女老師留下來照顧體力不支的女學生們，他們帶隊繼續爬山。

許多人舒了口氣。

樊老師向來倔強，引領著一班的學生往上走。

一班的同學：「……」他們心裡有句話，不知該講不該講。

十二班在最後，沈羽晴早就邊走邊罵了：「爬什麼破山啊，不如放一天假。」得知體力不支的可以停下來，她趕緊請了假，也不顧及形象了，找了個石頭坐上去，然後美滋滋地看著一班的被迫爬山做表率。

那一班的班導師可是滅絕師太，非常狠！

她閨密呆了呆，用手拍了下她。

「做什麼，別煩……」她話音卡在喉嚨裡，看見了遠遠跟在他們班後面的少年們。

她的目光落在最前面的少年身上，一瞬間失了音。

江忍的手插在口袋裡，外套搭在肩上，有幾分懶散的氣質，嚼著口香糖慢悠悠地跟。

他不是七中的學生，然而今天他頂著黑色的頭髮！一個……再普通不過的寸頭！

寸頭！

就是那年男同學們滿大街拉出來剪得規規矩矩的髮型。

賀俊明昨天看見時，整個人憋笑都要憋瘋了。

忍哥瘋了嗎！

江忍爬山穿黑色運動褲和運動鞋，他的病讓他難以克制自己的情緒，從幼稚園開始就有過動症，然而也給了這個少年一身的熱血與力氣。

他們這群高職的紈褲們，累得跟死狗一樣了，他黑色的眼睛依然發亮。

沈羽晴坐在石頭上，一時間覺得快不認識江忍了。

他的黑髮很短，和銀髮時那種痞痞的感覺完全不一樣，顯得俐落了許多。然而江忍的眉眼野，有股壓不住的硬朗氣，這樣一來就顯得有幾分凶，卻也很帥很男人。總之和書卷氣一點都沾不上邊。

他本來就是個暴脾氣，如今輕飄飄地看人一眼，就有種格外強勢霸道的感覺。

賀俊明累得不行，哭喪著臉：「不行了，我也要休息。」

何翰嗤笑：「男人不能輕易說不行。」

「滾！還是不是兄弟！」

賀俊明腆著臉混在了放棄的大部隊裡。反正人這麼多，老師都顧不過來，肯定也分不清他們這幾個高職的。

沈羽晴的眼中露出驚喜和期待，她站起來：「江忍，你是來……」

方譚笑笑：「不是，沈羽晴同學，妳小聲點行嗎？」他話裡有威脅的感覺。

畢竟這幾個高職的「壞胚子」是混進山的，現在隊伍亂了過來才沒人注意到他們。

江忍拍拍方譚的肩，繼續往前走。

方譚也沒打算繼續走了，嘖，他心裡有數，於是也和賀俊明他們在半山腰蹲著，江忍繼續往上走。

樊惠茵最後也撐不住了，沒辦法，讓學生們能堅持的就繼續，畢竟上去的人，可以拿到小旗子，那個可以加班級操行分，旨在表揚堅韌的精神。

趙暖橙小聲說：「我們走出老師的視線再休息吧。」

孟聽點頭，她也不強求上山，關鍵是書包太重了，她現在肩膀痠疼。

等到樊惠茵看不見了，她們才在石頭上坐下來。

孟聽出了一身汗，把書包拿下來放在腿上，她拿出保溫杯喝了幾口，涼風習習，總算好受了許多。

孟聽早就把外套脫了放在書包裡，如今裡面只穿了一件單薄的豆綠色棉長袖，像是春天裡嬌嫩的小蜻蜓。

她愜意地閉了閉眼，風拂在臉上很舒服。

再一睜眼就看見了黑髮少年。

他在她面前停下，眼裡漾著笑：「好巧啊好學生。」

孟聽不可置信地看著他，他怎麼還是跟來了？

趙暖橙的表情也凝固了。

孟聽身姿單薄，坐在高高的大石頭上，雙腿微微懸在空中。

風吹起衣衫貼在她纖細的身段上，帶來少女的暖香，她的腰很細，露在外面的臉頰和脖子都很白，鎖骨半露，仰起臉看他。

他……他的頭髮。

江忍覺察了她驚訝的目光，笑得有點壞：「才覺得我帥啊！」

孟聽臉頰微紅，他怎麼這麼不要臉！

她別過頭，也不和他搭話。

趙暖橙害怕江忍，緊緊握住孟聽的手，黑髮的江忍……好凶啊，嗚嗚嗚好可怕。

趙暖橙環視一圈，發現她們找了個休息的好地方，卻是難得的死角。

同學們要麼放棄了，要麼早走了，反正周圍連個求助的人都沒有。

江忍看著她瑩白的臉頰，漂亮得跟什麼似的，簡直招人喜歡，卻也發現了孟聽話都不太想跟他說。

怎麼，在她朋友面前覺得和他搭話丟臉了？

他挑眉，一把握住她纖細的手腕，把人拉過來：「不是要上山嗎？我帶妳上去啊。」

「你放開，我不上去了。」

江忍彎了彎唇：「你們上去的人不是可以加什麼分嗎，好學生，為班級爭光懂不懂！」

孟聽感受著手腕上的力道，又羞又氣：「我腳疼，上不去。你想去你去吧。」

趙暖橙看著眼前這一幕快嚇哭了，她勇敢道：「江忍，你放開聽聽，不然我去告訴我們學校老師了。」

江忍冷笑了聲，看了她一眼。

少年眉眼鋒銳，霸道帶著三分野。

趙暖橙：「……」打擾了打擾了。

江忍連人帶包地把孟聽抱起來，他眼中帶著笑意：「有我在，妳上得去！」

孟聽被他打橫抱起，驚呼聲壓在喉嚨裡。

他眉眼帶著幾分壓得很深的溫柔笑意，邊走邊說：「別叫知道嗎，不然你們老師來了妳不好解釋。反正我名聲壞，妳可不行。」又回頭看了眼跟上來的趙暖橙：「回去，別惹我。不會對她做什麼，妳跟上來卻不一定了。」

他就像是電視劇裡那種最壞的壞蛋，拿捏住了人的死穴，讓人羞惱到想打死他。

孟聽一手抓住自己沉重的包，被人強迫著上山，她快氣哭了。

上輩子也沒這件事，到底哪裡出了問題？

她想想江忍可是連人都敢殺的，一時間又怒又畏懼。

他抱著她，卻不太費力。

孟聽知道跑不掉，只好說：「你放我下來，我自己走。」

他笑笑：「不累啊妳。」

「不累。」這樣好彆扭呀。

他把她放下來，那時候山中一片翠綠，巍峨的山峰像是縈繞了淡淡的仙氣。

他看出她害怕了，抱緊了那個鼓囊囊的包，眼睛不知道是痛還是怕，有層淡淡的水光。

十七歲的少女，像朵枝頭上帶露的花苞一樣。

他不是都把頭髮染回來了嗎？怎麼還怕他。

江忍心中煩躁，他知道上山還有一半的路程，他也不是想上山，只是想看看她。他知道她不太瞧得起自己，賀俊明說得對，他們就是兩個世界的人，今天如果不是他強行把她拉過來，她話都不會和他多說幾句。

可是他……需要一個機會。

哪怕被判死刑，他也想要靠近。

她那麼好看、討人喜歡，他在高職，平時見她一面都很難。

江忍跟到半山腰，只想和她多待一下，想到心都泛著說不明白的痛。

他低眸看她，語氣情不自禁地低下來：「別哭行不行，不是在欺負妳，真的想帶妳爬山。我之前上來過一次，山上很漂亮。」

他沒騙她，為了今天，他昨天自己一個人爬上了萬古山。

他說不明白為什麼，有些事情不做會忍不住反覆想，做了血液會沸騰，怎麼樣都是折磨，那種青澀的、難以啟齒的感情，變成用不完的勁，可以蠢透了去拚。

「守林人說山上有小路，知道妳不喜歡讓妳的老師同學看見我，我帶妳走那裡行嗎？」

孟聽見他沒有傷害自己的意思，半晌後點點頭。

於是他們慢慢往前走。

江忍默不作聲地把她的包拿過來背在自己的肩上，他的外套早就丟給賀俊明他們了。

她到底走得吃力。

他聽著她的呼吸，在她面前蹲下來：「我背妳。」

孟聽連忙搖頭。

他嗤了聲，黑眸盯著她的眼睛：「怕什麼啊妳，男生對一個女生好，只是因為喜歡她，想討好她懂不懂。給個機會唄孟聽。」

她不是第一次聽到江忍說這麼露骨的話，然而一輩子卻只遇見過這一個張揚、不要臉的人。

孟聽耳尖都紅了：「你能不能別說這種話啊。」

「什麼話啊？」他眼裡帶著三分笑意，故意逗她。

她實在沒那個臉重複一遍，錯開他的目光。

他知道她不願意，但是上山的路程還很遠，她自己走上去肯定不行。

他把包還給她：「快點，抱還是背，妳不選就我選了。」

她可不可以選打死這個混帳東西啊！

孟聽又不想上山，她上輩子也沒上去，心中並沒有不甘心。

他揚眉，黑髮帶著咄咄逼人的凌厲，作勢要重新抱她。

孟聽嚇得趕緊說：「背。」

她語調顫顫的，甜到人心裡去。

他低笑道：「嗯。」

那兩截細細軟軟的手臂環上來時，他心跳幾乎控制不住地加快。

少女身體馨香溫軟，他覺得她的汗水都是香的，孟聽約莫是每個男生都想擁有的那種女孩。

不像賀俊明他們，走久了一身臭汗。

孟聽盡量遠離他，虛虛環住他脖子。

他走路彷彿有用不完的力氣。

她兩輩子都沒有談過戀愛，沒上大學就死了，死那年很年輕，這時候又惱又羞。

江忍覺察到她別過臉，似乎不願意靠自己太近，他笑道：「嫌我臭啊？」

她離他遠遠的，不說話。

他忍不住笑，他哪有她香，然而還是解釋道：「染了頭髮有點味道，妳別介意，沒幾天就會散了。」

其實不臭。

但他身上有種熱烈的東西，她敏銳地感知到了那種和常人不一樣的病態偏執。

江忍像是一團地獄的火，又霸道又討人厭。

她只是不喜歡這個人而已。

然而這個她不喜歡的人，力氣很大，背著她和她沉重的包，依然走得很穩。

江忍沿著小路，一路帶著秋天的清冷，聽著樹林細微的蟲鳴。

走到後來他汗溼了衣服，勾勒出少年強健的軀體。

孟聽沒想到會這麼遠。

他們到達山頂時，已經下午一點了。

一棵三人才能合抱的百年老樹屹立在風中，四周無數小紅旗飄揚，卻沒有一個人能有這樣的毅力把它們拿走。

而江忍背著她，是唯一一個到達山頂的。

他真可怕啊。

少年喘著氣，讓她在老樹底下坐好，他黑色的雙瞳看著她，忍不住笑了：「喂，我沒帶水，給我喝一口水行嗎？」

少年的額上全是汗，他的T恤溼透了，結實的肌理被勾勒出輪廓，瞳孔卻是漾著笑意的黑色。

孟聽抱緊自己的包，她只有一個水杯，那是她喝過的。

孟聽不說話，她靠著大樹，無聲地拒絕。

他全身的汗，她卻乾乾淨淨的，髮絲被秋風拂過，樹葉都眷戀她，輕輕落在她肩上。

她垂著眼，他只能看見她又長又翹的睫毛，媽的，怎麼那麼好看！

江忍低笑：「這麼小氣啊妳。」

孟聽臉有些紅，長這麼大，還是第一次被人說小氣。她想想江忍背著她爬了半座山，是個人都吃不消，她這樣確實不太好。

於是她拉開拉鍊，把白色保溫杯拿出來，裡面裝了早上出門特地準備用來補充體力的葡萄糖水，水杯有些年頭了，底部是一朵小巧的杜鵑花。

她擰開瓶蓋，把瓶蓋當成水杯，將糖水倒進去，然後遞給江忍。

他卻不接：「給我杯子啊，誰他媽要用蓋子喝。」

她眼睛純淨，認認真真地道：「蓋子很乾淨的。」

她白皙的臉頰透著淡淡的粉：「你不喝就算了。」

江忍笑得不行：「別，我喝。」

他接過那蓋子，幾口喝了，很甜，滲入骨髓的甜。

他眼尖，看見她書包透出來的縫裡還帶了便當盒，江忍伸手把它拿出來。

孟聽動作沒他快，還沒反應過來，便當盒就到了他手裡。

頂部是透明的，他能一眼看到裡面是簡簡單單的蛋炒飯。

孟聽急了：「你還給我。」

她下意識去搶，他略微一抬手，孟聽站起來才發現沒人家高。他拿在了她努力一點能碰得到的距離，果然這女孩踮腳去搶。

江忍低笑一聲，把便當盒再舉高一點，她險些撲進他懷裡。

孟聽學舞蹈，身體柔韌度很好，輕巧遠離他，卻惱得不行，她知道江忍故意使壞，便當盒也不要了。

孟聽難免有幾分委屈，被強迫著登上了這座山，飯還被這個混蛋搶了。

他是不是做慣了混混，總喜歡搶她東西呀。

她抬步子就要下山。

江忍皺了皺眉，山上風大，她眼睛被風吹久了本就乾澀，偏偏卻溼漉漉的，看上去委屈又可憐，他心中又好笑又憐惜，怕她真餓著肚子下山了。

他心裡軟得不行，別人登山帶輕便的麵包餅乾，她卻乖乖地想著吃飯。這便當盒不輕，加上飯沉甸甸的。長了張好看又純真的臉，性子還可愛得不行，有種近乎認真溫柔的傻氣。

江忍拉住她書包，不讓她離開，也不說話，幾下把大樹旁背著風的石頭擦乾淨，然後把便當盒放上去，他知道她嫌棄自己：「別生氣啊，我錯了好不好。」

他說：「妳吃飯，我幫妳看著，有人上山來我會避開的。」

他說完，當真離她遠遠的。

江忍怕自己一身汗她嫌臭，坐在上山的路口望著山下。

他本就活得隨性，在斜坡上一坐，長腿屈起，手搭在膝蓋上，替她看著還會不會有人上山。

孟聽看著石頭上的便當盒，半晌都沒說話。

少年背對她坐著，他肩膀寬闊，動作不羈。她看見江忍下意識摸了摸口袋裡，摸出了一盒菸，然後頓了頓，又若無其事放回去。

她不知道這山多高，但是一路走來，哪怕是個強壯的成年男人爬上來，也會累得受不了。

江忍性格桀驁，他上山連水都不帶，更不會帶吃的。

孟聽蹲下來，裝便當盒的袋子裡有兩個湯匙，她原本是為趙暖橙準備的。

她把飯分了一小半出來，然後走過去，在他錯愕的目光下，蹲下把那一大半和湯匙給他。

這次她沒再給他蓋子，自己那份用蓋子裝的。

那份飯放在他手中，似乎還帶了點別樣的溫度。

江少這輩子什麼沒吃過，然而看著手中這分量並不多、賣相也很一般的飯，他唇角忍不住上彎：「真給我啊。」

她點點頭。

那年青山蒼翠，老樹枝椏隨著風搖擺。漫山的野草在秋季變成黃色，有種蔥蘢金色的美麗。

他坐在山間，她抬眸間茶色的眼瞳帶著認真的意味：「江忍，你可不可以別搶我東西啦。」

他眼中含著笑意：「好。」

「也不要強迫人。」

「好。」

她驚訝他怎麼那麼好說話，眼裡也帶上了點點璀璨的星光：「你也別來找我了，好好念書吧。」

這次他不說話了，半晌他把兩份飯換了下，多的塞回她手裡：「吃妳的飯，再湊過來我親妳一口妳信不信。」

「……」她瞪大眼睛，不敢相信他說了什麼！還以為自己聽錯了，他還要臉嗎？

下一刻在他越靠越近時一把推開他腦袋。

這一手有點重，推在他的黑髮上。

孟聽見他難看的臉色，下意識慌了。平時班上總有男生說，男人頭可斷，血可流，髮型不能亂。

男人的頭不能碰。

她雖然不懂為什麼不能，但是她剛剛推開他的力道很重。

江忍笑起來痞壞痞壞的，有種別樣的帥。不笑的時候卻很肅冷，凶巴巴到像要打人，這時候哪怕是和江忍相處慣了的賀俊明他們心裡也發慌。

孟聽看著他，小聲道：「我不是故意的，你別打我。」

江忍氣笑了，氣得心肝疼。

第一次覺得自己長娘一點是不是會好一點，她從哪裡看出他會打她了？

想親她是認真的，被推開他也料到了。她那麼嫌棄他，肯定不給親唄。他只是忍不住試探那個萬一，自己犯賤。

他說：「再看我，把妳從山上扔下去。」

孟聽心想，他脾氣怎麼那麼壞啊，她連忙跑回去了。

四周的小紅旗飄飄揚揚，這本來是給爬山者的勳章，可惜大家都放棄了，它們最後竟然都屬於江忍。

江忍看著手裡這點飯，嘖，這他媽點飯，小瞧誰呢，即便給他一整盒他也吃不飽，然而他還是吃得乾乾淨淨。

他們下山前，孟聽想著不能白來一趟：「大家原本是上來向古樹許願的。」

江忍抬眸看了眼古樹。

「所以你要許願嗎？」他辛辛苦苦爬上來，可以許願考上大學，人生順利之類的。

江忍說：「它不靈。」

她疑惑地看著他。

他笑得有點壞：「我知道什麼靈，聽不聽啊好學生。」江忍垂眸。

她有種不好的預感，耳尖都泛紅了：「不聽。」

他低笑道：「妳害羞什麼啊，實話都不敢聽。」

反正她不聽！

她拉好拉鍊準備下山，要是再慢一點，可能都趕不上同學們了。

清點人數集合下山時，樊惠茵才發現不對勁，他們一班少了兩個人，那兩人是孟聽和趙暖橙。

想想之前孟聽的眼睛不好，還是兩個女孩子不見，樊惠茵有點擔心，連忙問班上有沒有人看見孟聽她們。

班上男生說：「剛剛看她們走在一起的，但是後面大家都找了地方休息，就沒有看見了。」

樊老師馬上跟其他帶隊老師商量：「學生少了兩個怎麼辦？」

那群老師也是臉色大變，想了想總不能再發動學生去找，山裡訊號不好，就連老師之間也不好聯絡。

「留幾個老師找人，其餘的把學生帶下去，總不能繼續逗留了。」

下山的信號很快發出來。

學生們既鬆了口氣，又覺得下山也是一條漫長的路。

孟聽下去時，遇見了臉色沮喪的趙暖橙，她還吃力地往山上走想要找孟聽。她邊走邊吃餅乾，噎得快翻白眼了。

見了孟聽，差點哭出聲：「聽聽妳沒事吧，都是我不好。」

孟聽心中感動，卻也心疼她，連忙拍拍她的背，讓她喝點水。

「我沒事，對不起。我們下山吧。」

趙暖橙看了眼她身邊的江忍，餅乾總算嚥下去了。

孟聽對江忍道：「謝謝你，我要回去了。」

江忍知道她們很快就能和七中那群人會合，這次不勉強，把書包還給她。包的側面，一面小紅旗迎風飄揚。

孟聽取出小紅旗遞給他：「我用不著這個。」她拿到了才不正常。

她一早就明白，不能和江忍有太多牽扯。他如果不強迫她上山，就如江忍想的那樣，她話都不會和他說。

他原本帶著笑意的眼睛黯淡下來，他沉默著接過來，看著她和趙暖橙下山。

趙暖橙臉上的表情很熟悉，對他又畏懼又生氣，孟聽應該也是這樣看他的。

他看著這面蠢爆了的紅旗，心中燒了一團難以熄滅的火，直接扔地上了。

賀俊明他們喘著氣找過來時，江忍靠著一棵松柏在抽菸。

黑髮少年垂著眸，有幾分冰冷的味道。

菸被他夾在修長的兩指指間，與山間常年不散的霧氣倒是有幾分像。

賀俊明嘿嘿笑：「怎麼樣啊忍哥。」

方譚機智多了，一看忍哥這臉色就知道沒成功啊，所以他也不問，心裡為傻子賀俊明點了根蠟燭。

江忍彎唇：「你過來我告訴你。」

賀俊明：「……」好歹是從小一起長大的兄弟，他總算反應過來了，連忙擺手，「我不想知道了忍哥，我錯了。」

江忍也沒心情收拾他。

「走了，下山。」

江忍穿上外套，她人都走了，他在這裡做什麼。

然而走了好幾步，江忍又忍不住回頭。泥土裡，那面蠢爆了的小旗子被隨意丟棄在樹下。

她不要的東西。

他頓了頓，走回去把它撿起來，把泥土拍乾淨，妥貼地放回自己的外套裡。

幾個男生用呆滯的表情看著他，他理也沒理。

賀俊明見他寶貝得跟什麼似的，那個破東西……簡直一言難盡。

他說：「忍哥你認真的啊。」

見江忍沉默，賀俊明第一次語重心長地勸他，嚴肅了臉：「算了吧忍哥，孟聽是七中校花，還是他們的年級第一，小時候班上的好學生都不會理我們，要麼吹個口哨就被嚇哭。孟聽那樣的，都不是同類人你知道嗎，太難追了。」

他更想說的是，何必作踐自己。

江忍始終沒說話，然而小旗子貼近胸膛，燒得他的心跟著疼。

何翰也忍不住勸：「是啊是啊，我也覺得不行。」

等走遠了，他才低聲回道：「你們懂個屁。」

半晌他笑了，你們懂什麼……

有了第一批爬山同學的前車之鑑，後面的班級就不要求爬到山頂了。

等「萬古山」之行結束，已經十一月下旬了，氣溫只有幾度，學生們的穿著也臃腫起來。

上次的月考成績樊惠茵讓關小葉貼在班上，大家紛紛圍過去看自己的成績。不出意料，年級第一又是孟聽。

學校紅榜更換一輪，第二是舒楊。

趙暖橙在手心呵了口氣，豔羡道：「聽聽，妳又是年級第一啊，真厲害。」她頓了頓，視線在第二名上頓了頓，「他們二班的舒楊也很厲害啊，只差妳三分。」

舒楊確實很聰明，孟聽看著和自己名字並排的舒楊，鮮少有人知道他們是姐弟，關係淡漠的姐弟。

孟聽上輩子知道自己處境尷尬，舒楊也沒有在外人面前認親的意思，於是兩人默契得緘口不言。誰又能想到，她死是因為去找在山崩中的舒楊呢？

孟聽一時怔忪，不知道她死了，舒楊有沒有被找回來。

月末時樊惠茵在班上宣布學生們要去打B肝預防針。

班上許多女生憂心忡忡，對打針有恐懼。

樊老師說：「這週六排好隊，去H市中心醫院打，班長負責安排一下，這個是免費的，也是自願的，為了同學們的身體，大家最好去打一下。」

關小葉拿了個本子下來統計要打針的人數，大家好一起去。

孟聽在「去」那一欄下面打了個勾。

趙暖橙問她：「聽聽妳怕打針嗎？」

孟聽有些不好意思，點點頭：「嗯，有點。」那種針刺進血肉的感覺讓人很不舒服。

趙暖橙也怕，她在「不去」那一欄停了很久，為了健康還是視死如歸地勾了「去」。

最後班上只有幾個人不去。

關小葉放學時拍了拍講桌說：「那明天我們班統一集合，大家記得帶上學生證。」

利才高職也宣布了要打針的消息。

賀俊明他們是不去的，越是有錢的人，越注意身體，這類針基本上小時候都打完了。生活股長彭波怕他們，統計時就略過他們了。

江忍把手機放下：「彭波。」

彭波受寵若驚地回頭，語無倫次：「忍哥，不不江忍同學。」

賀俊明笑得抽搐：「哈哈哈！」

江忍第一天來這個班時，大家就知道他不好惹。班上的同學基本上都怕他，私底下也不知道說了些什麼，大概平時八卦時的稱呼是年級老大忍哥，這時候彭波不小心說漏嘴了，他臉色都白了。

江忍翹著腿，漫不經心地道：「統計本給我。」

彭波趕緊給他。

江忍在自己的名字後面寫了個去，然後把本子丟過去，彭波手忙腳亂地接住。

何翰說：「忍哥你沒打這個針啊？」

江忍挺直接：「打了。」

何翰說：「那你再去打一次有什麼用啊？」

這次倒是賀俊明第一個反應過來：「幾所學校都要去打，忍哥想去碰碰看他的小寶貝去不去。」

江忍笑道：「滾。」但也沒否認。

雖然兩所學校靠得近，但是平時想要見孟聽一面挺不容易的。他們這群人不只在利才出名，七中認識他們的也不少。孟聽一放學就跟著趙暖橙坐公車回家了，她在學生堆裡，江忍想和她說說話都很難。

週六一大早七中的學生就來了，關小葉和付文飛連忙讓大家排好隊。

孟聽一眼望過去，烏壓壓的全是學生，週末大家都沒穿校服，一時還真分不清誰是哪所學校的。

樊惠茵忘了叮囑他們早點去，結果慢吞吞地集合完現在得排在人家後面。看這狀況，應該要排很久了。

果然學生們排起長龍，可能一直等到中午醫生下班了也不會輪到他們。

學生們只好嘰嘰喳喳聊起天。

江忍來的時候，他們班同學認出他了，利才的來得早，他過來時班上排著隊的都讓路給他。

那年江忍很特別，他有不屬於這個年齡的氣場，帶著幾分懶散，卻又令人矚目生畏。

他也沒過去，站在人群外面找人，然後看見他們班一個女生裸露著肩膀、壓著棉球哭著出來了。

那女生哭得傷心，她朋友臉上也憤憤：「什麼護士啊，打個針都打不好，打了三次還凶巴巴的，血都止不住。好了別哭了，我記住她名字了，我們去投訴她。」

惹得人群都看過去，心中帶上幾分不安。祈禱自己遇上一個經驗豐富點的護士。

冬天打針和夏天不同，夏天只需要撩開袖子，冬天卻需要把外套脫了，然後把毛衣從肩膀往下拉。

人群排了好幾條長龍，江忍目光越過人群，看見了排在隊尾的一班學生，孟聽站在他們中間，在和趙暖橙說話。

她卻不知道很多人在看她。

她生得漂亮，又青春朝氣。

因為今天週末，她罕見地沒有紮起頭髮，黑色長髮披下來，有種別樣的美麗。

不知道趙暖橙說了什麼，她們都笑起來，她笑得很甜，大眼睛微彎，似有星光。

他看了好一陣子，才打了個電話。

張依依接到電話時臉色都白了，那頭少年語調懶洋洋的：『還記得我之前說了什麼嗎？』

張依依連忙說記得。

『現在去道歉，把她喊到醫院走廊那邊。』

張依依不敢拒絕，掛了電話就和幾個女生去找孟聽了。

她走到一班那邊時，同學都看了過來。

張依依染了棕色頭髮，帶著耳環，一看就不是他們學校的學生。

孟聽回頭，想起了她們是誰，是那天在高職推了她踩碎她眼鏡的利才學生，貌似和舒蘭有仇。

張依依漲紅了臉：「孟聽同學，那天對不起，妳能接受我們的道歉嗎？」

孟聽有些意外。

那幾個女生紛紛點頭，張依依說：「是我們錯了，以後再也不敢了。」

孟聽皺眉，沒有說話。

張依依急得不行，她臉色很白：「我們幾個已經被學校處分了，還有眼鏡的錢，我們也會還給妳。」

孟聽也不需要那副眼鏡了，她搖搖頭：「不用了。」她不想和她們多糾纏，點點頭算是原諒她們了。畢竟學校處分挺嚴重的，她們犯了錯得到處罰，讓她一時間覺得不真實。

這幾個女生那天打舒蘭時也看得出不好惹，怎麼會突然來道歉？

張依依小聲說：「一定要的，妳和我去一趟走廊那邊吧，我把錢給妳。」

孟聽抬眸，她猜到了什麼：「我不去，眼鏡錢我不要了。」

張依依左右為難，手機卻響了，她接通以後，嗯了兩聲，把手機給了孟聽。

那頭江忍笑道：『孟聽，讓妳過來就過來，怕我害妳啊？』

她看了眼好奇的趙暖橙，小聲道：「我在排隊，不過去。」

江忍說：『那我過去找妳。』

孟聽心頭一緊，她抬眸，似有所感，江忍在人群外看著她，似乎真的要抬步走過來。

她別無選擇：「我過去。」

他笑了。

張依依把她帶到醫院走廊，這裡人很少，和外面的熱鬧形成了巨大的反差，幾個不良少女急急忙忙地對她鞠躬道歉。

在孟聽錯愕的眼神中，張依依把眼鏡的錢塞到她手裡就跑了，然後抬眸就看到了江忍。

她握緊手中的錢，明白這些人為什麼會道歉，她只能輕聲道：「謝謝你。」

江忍說：「大恩不言謝，妳答應我一個要求好嗎？」

孟聽簡直怕了他了，她有種不好的預感，掉頭就想走。

江忍笑了，他手一撐，把她的退路堵了：「妳怕什麼？」

孟聽抬眼就是他的胸膛，她後退了兩步，終於忍不住道：「你煩不煩呀江忍？」

他彎了彎唇：「我已經很克制了，真的沒想害妳，她們說新護士打針不好，我怕妳疼。」

「我要回去。」

「打完針就讓妳回去。」他沉默了下，「妳打完，我不糾纏妳行不行？」

她抬眼，小聲道：「真的嗎？」

他心中暗罵了一句，嗯了聲。

孟聽最後跟著他來到了護士長的醫療室。

護士長是個中年和善的女人，也不問廢話，她知道江忍是誰，院長都會給面子的少年。

護士長笑道：「小同學，把手臂露出來。」

她猶豫了下，看向江忍。

江忍挑眉：「怎麼了，又想搞什麼？」

她臉蛋都紅了：「你可以不看嗎？」

「妳以為我想看啊？」

護士長樂不可支，咳了兩聲。

孟聽認真說：「你看著我不自在。」

江忍的手插在口袋裡，臉別過去，算是應了她的要求，不耐煩地對護士長道：「快打啊，我趕時間。」

護士長心想這江少蠻暴躁啊，她溫聲讓孟聽把外套脫了。

孟聽脫了外套，因為要露出手臂，得把毛衣從肩膀拉下去。她露出來的皮膚白，很乖地按照指示露出了半個肩膀。

護士長彈了彈針頭，抬起眼睛，少女肩膀白皙纖弱，鎖骨很漂亮，她茶色的眼睛帶著不安看過來時，有種驚心動魄的美麗。

護士長忍不住柔聲道：「別緊張同學，閉上眼不要看。」

孟聽點點頭，聽護士長的話閉上眼睛。

她長睫輕顫，護士長下意識抬起眸，看見了少年漆黑的眼。

不知道他什麼時候沒有遵守承諾，轉過頭來，目光落在……孟聽白皙的肩膀上。

護士長再看這小女生，她一無所覺。

護士長打針的動作很熟練，她打完讓孟聽壓好棉球，自己出去了，把醫療室留給了兩個學生。

孟聽垂下長睫看著棉球，真的不怎麼疼。

少女肌膚嬌嫩，牛奶一樣的瓷白肌膚染上幾分豔色。她轉過頭去，一下就對上了少年的黑色雙瞳，他目光落在她赤裸的肩膀上，有三分色氣，然而他覺察到她回頭，慢悠悠地對上她的眼。

孟聽沒想到他一直在看，她也顧不得傷口，把棉花棒扔了，毛衣拉上肩膀。孟聽臉蛋緋紅：「你說好不看的。」

他眼裡漾著笑意：「哪有說。」

孟聽一想他確實沒答應，她吃了啞巴虧，只能起身就往醫療室外面走。

江忍說：「妳去哪裡啊？」

她倒也不至於賭氣，只是覺得羞恥：「我朋友還在外面。」

「那個女生啊，讓護士長幫她打行嗎？」

孟聽這才回頭。

趙暖橙怕疼，非常害怕打針，剛剛護士沒打準針差點把她嚇哭了，孟聽知道護士長打得挺好的，這是好事。

她點點頭，輕聲道：「謝謝你。」

他突然靠近她：「妳能不能對我好一點啊孟聽，哪怕當成普通同學也行。」不求太多，一點就夠了。

孟聽頓了頓，最後輕輕點頭。

他似乎不敢相信她真的答應了，手指緊緊握住打火機，半晌才鬆開，眼裡很亮。

孟聽忍不住別開了眼。

她其實沒想太多，她和江忍本來就在不同的學校，哪怕是按照上輩子的軌跡，她和他相處得也不多，最後他總會回到江家的。

她記得她出事時，江忍早就回B市了。

他們本就不會有多少交集，只是他不知道。

醫院外面人潮攢動，江忍讓她先出去，趙暖橙他會安排好。

出了醫院，外面空氣清新。

入了冬以來，H市不斷轉冷。

這是一個不會下雪的城市，孟聽生在這裡，也死在這裡。她上輩子活了十九年，沒有見過一次真的雪。

她沿著香樟樹道路走了許久，回頭見江忍還跟著她。孟聽說：「你跟著我做什麼呀？」

他的手插在口袋裡：「我送妳回家。」

「不要。」她臉蛋粉嫩，眸中清澈，「你說打完針就不糾纏我了。」

他忍不住笑了，最後妥協道：「明天見。」

孟聽心想，明天才不見。

醫院外面就有她回家的公車站，她走了五分鐘過去等車。孟聽看了眼手錶，冬天的風吹起來跟刀子似的。

清掃阿姨掃走公車站的垃圾累得直不起腰，見孟聽彎腰幫她撿掃把，抬頭笑了笑：「謝謝。」

孟聽輕聲道：「不客氣。」

阿姨這才看到這小女生長得很漂亮，一笑讓人心都軟了，她提醒道：「這邊公車不好等。」阿姨見她穿得不多，心中憐惜，「如果實在等不到，讓家人來接妳吧。」

孟聽道了謝，阿姨拎著袋子離開。

風吹起來確實很冷，特別是今天天氣還不好，現在早上九點，早晨的那股涼意還未散去，吸一口氣都刺得肺疼。

江忍過來時見她站在風中，漫天小香樟葉在風中落下，她單是一個安靜的側顏就很美。

孟聽轉頭，看見他有些惱：「你不是都走了嗎？」

他笑得有點壞：「捨不得妳啊。」

「江忍，你說話不要這麼……」她耳尖微紅，那兩個罵人的字最終還是說了出來，「下流。」

她語氣輕軟，說他下流都泛著甜。

他笑了：「說我下流？」

那年他穿一件黑色大氣的羽絨外套，因為染回了黑髮，整個人銳利到野氣十足，眉峰像是磨成的劍，能輕易讓人退縮。

他靠近她，把拉鍊拉開。

她羞得滿臉通紅，眼眸中都帶上了羞澀的水光：「你在幹什麼？」

他嘖了聲：「教妳什麼叫下流啊。」

孟聽剛要推開他離他遠一點，一件帶著體溫的羽絨外套就披在了她身上。

她錯愕地抬眼，半晌後發現自己誤會他了，臉頰紅透了。

孟聽說：「你穿上吧，我不冷。」

江忍哼笑一聲：「我們下流的人不怕冷。」

她咬唇，憋了半天，最後笑了。

她第一次對他笑，哪怕只是因為好笑。她笑起來漂亮得讓人意亂，甜得心尖都在顫。

孟聽也覺得很抱歉，她眨眨眼，努力咬住唇將笑聲抑制住：「對不起呀，我不是故意的。」

但是江忍在她眼裡本來就是個下流胚子啊。

快十二月的冬，他裡面穿了單薄的襯衫，領口解開兩顆釦子，有種落拓不羈的感覺。

這樣的天氣怎麼可能不冷，她剛要把外套還給他，他脾氣躁得很：「讓妳穿妳就穿，妳敢嫌棄？」

孟聽呆了好半晌，他自己反倒皺皺眉：「有菸味嗎？」

她清透的眼睛看著他，剛想說話，江忍輕輕拍拍她嬌嫩的臉蛋，語氣霸道：「有味道也不許脫知道嗎。」

她捂住雙頰，睜大眼睛看他，他一身痞氣，似乎沒覺得自己這麼不講理有哪裡不對。

江忍見她的眼睛圓溜溜的，可愛死了。

他笑道：「孟聽，我下次不抽菸了，妳能不能別脫下來。」

這話誰也不會信。

江忍很早就開始抽菸了，然而因為他的病，那種心理情緒波動需要藥物緩解，他抗拒被人當成神經病，於是一直透過抽菸來壓制和冷靜，久了不管是誰，都會染上不淺的菸癮。

孟聽至今記得上輩子江忍那群人在他們學校梧桐樹下抽菸。

舒蘭往外看：「姐，妳也覺得他很帥是不是？」

她搖搖頭，卻沒多說，她其實不太喜歡菸味。

孟聽沒把他的話當真，她最終還是把外套還給他，他卻沒有伸手接過來。

「你回去吧。」孟聽看了路的盡頭一眼，「公車來了。」

公車確實過來了，孟聽的運氣不算糟糕，很快等到了這一班車。

他沒有回頭，只是低眸看她，突然道：「孟聽。」

她抬起眼睛。

香樟葉在她身後落下，有種說不出的靡麗。

然而她在萬千靡麗中，不管看誰，明眸都認真專注。

她很好看，臉龐有種致命青澀的美麗，媽的，是真的要命。

他笑了：「我早上只在醫院抽了一根菸。外套有味道，襯衫沒有。」

她不解地看著他，那又怎麼啦？她沒有問這個呀。

「真沒有，不騙妳。」

她點點頭，心思還在越來越近的公車上，鼻音呢喃：「嗯。」

她有些急，想讓他把外套拿好，下一刻少年傾身過來，她的腦袋撞上少年的胸膛。

江忍只穿了一件簡單的襯衫，在風中他的身體卻火熱。

那隻按在她腦後的手讓她有一瞬間怔愣，回過神才伸手抵住他的胸膛，她想推開他，卻沒有推動。

孟聽臉紅透了：「江忍，你發什麼瘋！」

他埋首在她肩窩，語氣很低：「沒發瘋，我很清醒。」

「那你放開我。」

他低聲笑了：「不放。」

「你耍流氓！」

「嗯。」他只是沒忍住，她說是就是。

她要氣哭了。

下一刻公車停靠，他深吸一口氣放開了她，孟聽下意識一巴掌打了過去，他沒躲，那巴掌就打在臉上，清清脆脆，卻也不痛不癢。

他頭都沒偏一下，仍低頭看著她。

他並不生氣，彷彿她打就打了，她做什麼他都不生氣。

「我說真的，妳別嫌棄我，以後真不抽了。」他仍笑著，「我認真的，孟聽。」

他的瞳孔是純黑色的，與她茶色的眼睛不同，那樣的眼神像是深淵。

那一巴掌愣的人只有她，她看著自己的掌心，臉頰越來越紅。

司機按開了車門，喊道：「小女生，要不要上車啊？」

一車的人都看過來，孟聽恨不得找個地洞鑽進去，她把外套塞到江忍懷裡，邁步就向車上跑去。

香樟葉落了一地，半晌後他笑了。

媽的，他這輩子第一次被人打臉，不痛，也沒覺得羞恥。

他只知道她在懷裡好香好軟，她捅他一刀子都不虧。

第七章　她的初吻

孟聽回家時，舒爸爸正滿頭大汗地搬東西，她連忙去幫忙，舒爸爸說：「聽聽別搬，爸爸來。妳回屋去休息，水壺裡兌了蜂蜜水，還是熱的，妳喝點水，剛打了針疼不疼？」

孟聽笑著搖搖頭，她幫著舒志桐抬箱子，舒志桐無奈地解釋道：「樓上在搬家，是我以前的老同學，我幫忙沒事，妳別累著。」

她笑而不語，跟著舒志桐走。

舒志桐手上輕鬆了很多，想到客廳看電視的舒蘭，心裡又嘆了口氣。

樓上走下來一個少年。

「小徐啊，跟你介紹下，我女兒，孟聽。」舒爸爸熱情地打招呼，孟聽抬起眼睛，那穿著藍色運動服的少年也看了過來。

他接過舒志桐手中的箱子，禮貌地道：「謝謝舒叔，辛苦你了，我來搬，爸也讓您休息。」

好半天，他才轉過頭看著孟聽：「妳好，我叫徐迦。」

他打完招呼，孟聽愣了愣，隨後禮貌地笑笑。

她的笑容靦腆疏離，顯然不認得他了，然而他卻記得她。

國中頒獎欄上的照片一瞬間鮮活起來，徐迦彷彿看見那個所有少年都在偷看的女生，在夕陽下的琴房練著琴。

那年她十四歲，如今她長大了。

但是沒差別，一樣好看，一樣不記得他。

等到徐迦把箱子扛上去，孟聽才想起這個徐迦是誰。

在她的記憶裡，這個話不多的少年，似乎……也在上輩子搬過來過。

然而雖然是鄰居，繁忙的高中生活卻讓兩個人交集不多。

她記得他母親是一名音樂老師，父親是警察，可是她總覺得自己忘了什麼。

等到晚上睡覺之前，她看著床前沒再收回箱子的小金牌，她終於記起了！

徐迦母親曾經邀請過她參加音樂比賽，然而她那時走不出媽媽的死，拒絕了她。

而徐迦，她皺眉想了許久，也沒有這個人的頭緒，哪裡眼熟呢？

孟聽想不通便多留了一個心眼，熄燈睡覺了。

她作息向來很規律，不會超過晚上十一點。

第二天週末卻有個不好的消息：開往學校的公車停運了。

舒爸爸講起這件事也很愁：「這邊是新區，說是在施工修路段，公車可能要一個月後才能重新運營。」

舒楊沉默了下：「早上起早一點吧，走路去。」

舒蘭這下不幹了：「走路去學校要四十分鐘！肯定會遲到的。」

孟聽在幫舒爸爸洗菜，聞言倒是沒說話。

時間越往後，她對這些過往的小事越清晰，上輩子也有公車停運這件事，然後舒爸爸想辦法借了一輛自行車，然後又買了一輛自行車，讓三個孩子去學校能方便一點。

然而這年一輛好點的自行車不便宜，孟聽知道家境窘迫，何況只有一個月，走路也沒有關係。

舒蘭鬧得厲害，甚至還說出了「如果讓我走路，我明天就不去了」這種話。

舒爸爸大發雷霆把她罵了一頓後出門了，到了晚上，卻笑著對孩子們招手：「過來看看新成員。」

孟聽放下手上的物理書，心中輕輕嘆了口氣。

舒志桐是個心軟的父親，白天他罵了舒蘭，卻也害怕舒蘭難過，晚上就去借來了自行車，還買了一輛天藍色的自行車。

借來的自行車是老舊的黑色，龍頭都掉漆了，舒蘭歡呼一聲，愛不釋手地摸了摸那輛天藍色的自行車：「爸爸，這是給我的嗎？」

舒志桐有些為難，和她講道理：「那輛黑色的自行車大一點，我想著給舒楊，讓他載妳去。反正你們比較晚出門。」

舒蘭臉色變了，她冷笑：「所以你是買給孟聽的？」

「說什麼呢！以後大家都可以用，妳想要過段時間也可以騎去學校，舒蘭，懂事點。」舒志桐臉色鐵青，他是真的沒想過偏袒誰，只是在做最合理的安排，舒楊和孟聽可不親，但是舒蘭舒楊卻是雙胞胎兄妹，哥哥載著妹妹去他們也自在一點。

然而在她眼中那輛自行車又破又舊，她真坐那個車，一旦遇到熟人，以後怎麼抬頭。

她剛要發洩不滿，孟聽說：「新車給舒楊吧。」

她走過去對舒爸爸笑了笑，舒志桐奔波了一下午去買車借車，已經很辛苦了。

孟聽幫他推那輛比較舊的車，然後用鎖在社區棚架外鎖好。

她平平靜靜地做好了一切，舒楊站在門口看著她，最後把另一輛車也鎖好。

兩姐弟都在棚架下面，他突然出聲：「妳不是不認舒蘭了嗎？怎麼還讓著她？」

孟聽詫異地抬頭，舒楊情商不高，性格在外人看來也是怪胎，哪怕和舒蘭是雙胞胎，可他也沒多親近舒蘭，對誰都是一副淡淡的樣子。

她唇角彎彎：「因為天色晚了，爸爸很累了。」他不該這麼累了回家，還聽著青春期的兒女吵架。

朦朧夜色中，她語調清甜：「明天騎車注意安全。」

舒楊並沒看她。自從她眼睛好了，就成了記憶中那個小仙女的模樣，那時候他和舒蘭都是仰望自卑的。哪怕現在的孟聽溫柔安靜，舒蘭張揚自傲，但他依然是那個話少、什麼都不表達的少年。

等她走遠了，舒楊才慢吞吞說了句：「妳也是。」

然而孟聽沒有聽見。

因為要騎車去學校，所以孟聽起得比平時都早。

她多年沒有騎過車，一開始自行車彎彎曲曲向前駛過去，她掌握好平衡以後才好許多。

早晨很冷，她圍了一條卡其色的圍巾，圍巾遮住了半邊臉，露出一雙清透明亮的眼睛。

舊區不斷開發，她路過學校外最繁華那條街道時，大多數店鋪還沒開門。

賀俊明伸了個懶腰從網咖出來，就看見了孟聽踩著自行車過去的背影，早上霧氣濛濛，她一心看路，並沒有看見他們。

他還以為自己熬夜打遊戲看錯了，拍了下何翰：「那是孟聽嗎？」

何翰點頭：「她怎麼騎車？」

恕他直言，還是輛醜不拉嘰、不知道哪年生產的自行車，他憋住笑：「這坐騎很拉風啊。」

賀俊明噗哈哈哈笑了半晌，分了支菸給網咖老闆：「最近怎麼了，在修路？」

老闆知道這些少年是富二代，接過菸笑道：「對，新區那邊搞開發，路也重新修，公車停運，轎車也要繞道。」

賀俊明若有所思，他期待地搓搓手，去學校時把這事跟江忍說了。

江忍懶洋洋地道：「嗯。」

賀俊明：「……」就這樣？他都沒有表示的嗎？不開車去接校花美人？

一行人下節課蹺了課，打了半天籃球，少年們都在大冬天出了一身汗，也懶得回教室了，就坐在學校最高的天臺抽菸，風呼呼吹，賀俊明熱得厲害，涼風吹著自然爽。

他摸了盒菸：「忍哥。」

江忍手搭在陽臺上，從這個最高的地方看下去，不僅是利才高職一覽無餘，還能看到孟聽在的教學大樓的方向，他淡淡道：「不抽。」

賀俊明自己抽了幾口，江忍似乎想起了什麼：「都給老子離遠點抽。」

賀俊明一臉無語，我靠怎麼突然嫌棄了，先前幹嘛去了。

江忍摸了個口香糖出來嚼，菸癮挺難熬的，那種滋味像是一隻小蟲子在心上輕輕啃咬。他站在樓頂遠遠看著孟聽他們那棟小紅樓，心想他過得真他媽不順。

江忍擺擺手：「我先走了。」

何翰說：「你們猜忍哥去做什麼啊？」

賀俊明：「我哪知道？」

江忍翻牆進了七中校門，那年七中是真窮，牆在他眼裡就跟平地似的，也沒裝監視器。

他跳下來，雙手插在口袋裡，在七中校園裡閒晃。

這學校念書氣氛是真的好，他聽見這些好學生們朗朗念書聲傳得很遠，江忍嘖了聲，果然不一樣。

他路過教學大樓時，教室裡好幾個人都炸了。

「那是江忍嗎？」

「是他啊，他怎麼來我們學校了？」

「……」學生們紛紛好奇地往外看，老師一敲講臺：「都看什麼，看黑板！」

江忍穿過教學大樓，在警衛室旁邊的自行車棚裡，找到了賀俊明形容的那輛破車。

這個時間在上課，警衛在看電視。

他嚼著口香糖，突然笑了。

孟聽中午在學校吃飯，等晚上放學了，她去推自己的自行車，開了鎖推了兩步，才發現不對勁。

她蹲下來看，發現鏈條壞了，孟聽愣了一瞬，早上的時候不是還好好的嗎？

她有點著急，它要是壞了怎麼回家啊？鏈條脫落推著都吃力。

而且這是爸爸借來的，第一天就弄壞別人的東西，他們不好交代。

孟聽挽起袖子，她手臂白皙纖細，長睫垂下，想要自己把鏈條裝回去。

可是這車很舊了，鏈條上沒有潤滑油，她試了好幾次，把自己白生生柔軟的手指弄髒，也沒能把它裝回去。

那時候校園裡很安靜，她背著書包，學生們都走了，唯有她傻傻地和那輛破車鬥爭。

騎車來的不只她一個，學生們路過她身邊，紛紛側目。

他們都知道她叫孟聽，她太好看了，男生走了好幾步，裝作不經意地回頭看她。

冬天的黃昏並沒有夕陽。

孟聽的校服衣擺垂在地上，眉眼漂亮得不像話。

好幾個人想搭訕，可是又不敢。這年七中抓早戀抓得嚴，男女生又是情竇初開的年齡，因為害羞和矜持，雖然會有寫情書的，但很少直白地去告白。

他們慢慢路過她身邊，紅了臉，在她抬眸的時候又走得飛快。

江忍慢悠悠地走過來時就看到了這樣的場景。

她一個人孤零零地蹲在地上，手被鏈條弄髒了，偏著腦袋，一雙茶色的大眼睛認真研究那個鏈條該怎麼裝才正確。

好乖好乖。

他單膝屈下，也沒說話，把她拉起來。

孟聽這才看到他，她的頭髮飄到了臉頰上，她連忙用手肘蹭了蹭，有些尷尬：「江忍，你怎麼在這裡啊？」

「有事。」他笑了，「車壞了？」

孟聽點點頭，她滿手髒兮兮的，不自在地把手往身後藏了藏。

她打算修不好就算了，先努力推回去給舒爸爸看看。

他眼裡染上三分笑意：「藏什麼啊。」他把她的手拉過來，也不在意用自己的手套幫她擦。

他眼眸垂下，擦得很認真，孟聽臉都紅了：「很髒。」

「不髒。」他把她軟乎乎的小手擦乾淨了，然後撩起袖子幫她修車。

他動作很熟練，戴了一雙黑色手套，幾下找到鏈條上魔術扣的位置，然後拆除，然後把頂針旋進去。

孟聽站在一旁看。

少年的側顏凌厲不羈，有種又壞又野的氣息，可是他很快就修好了。

「好了，試試。」

她推著走了幾步，回頭輕輕抿出一個笑意：「嗯，謝謝你。」

他忍不住笑，怎麼這麼傻。

有種比菸癮更難熬的東西，讓他潰不成軍，心軟得一塌糊塗。

江忍說：「沒潤滑油，妳騎不了多遠鏈條就又會脫落。」

孟聽愣愣道：「啊？」

江忍走過來，把這輛破車推過來，長腿一跨坐上去，然後回頭對她道：「走啊，送妳回去。」

孟聽搖搖頭：「不用啦，我自己可以。」

江忍問她：「妳會修？」

她當然不會。

他別過臉，一本正經不耐煩道：「快點啊。」

她猶豫了很久，在後座上坐下來，江忍彎了彎唇：「抓緊。」

他腳一用力，飛快騎了出去。

一開始孟聽是抓著自行車後座的，後來她才覺得怕。

少年不知道哪裡來的力氣，他騎得飛快。

她咬唇，憋紅了臉，輕聲道：「你慢一點呀江忍。」

他笑得有點壞：「妳怕就抱著我唄。」

她才不抱，她緊緊拉住車後座。車速飛快，輪子飛速轉動，他快把自行車騎成了摩托車的速度，讓人心驚肉跳。

他一個轉彎，孟聽驚呼一聲，險些有種自己會被甩出去的感覺。

天色將暮，街道上只有少數幾個人。少年衣擺帶風，長腿結實有力，少女不說話，死死拉著車後座，安安靜靜地憋著淚。

他突然停了車，腳點地，回眸去看她。風輕輕，空氣中有附近修建大樓的泥灰，她一雙明眸溼潤，也抬眸望著他。細長美麗的手指握得發白，指節通紅，快要磨破了皮。

她的額髮被冷風吹得有幾分散亂，頗為狼狽可憐。眼裡卻像是落入了水中的星星，又亮又軟還傷人。

他放開車手把，捏住她的下巴，眸中有盛怒的情緒在翻滾。

「這麼討厭我？」碰一下都不願意？

她鬆開發白的手指，拍掉他的手，垂眸不說話。

他僵硬了許久：「靠，我錯了好不好。手給我看看，弄疼了嗎？」

江忍見孟聽沒反應，他有點慌了：「別哭行不行，我混帳，不該欺負妳，妳害怕是不是，我騎慢一點，比走路還慢行不行。」

她終於抬起眼睛，還是讓他心都顫動的目光，她聲音帶著幾分少女的嬌嬌哭腔：「騎慢一點，別騙我了。」

委屈是委屈，還在堅持著那破原則，也依然不太喜歡他，然而並不計較他的壞，是個不記仇又好哄的女孩。

他失笑，心裡又酸又軟：「好。」

他脫下自己的外套，墊在她的座位上，怕她手疼，把外套繫在車座上，這樣她可以拉著衣服。

冬天的黃昏，自行車因為老舊嘎吱響。他這輩子都沒有騎過這麼慢的車，身後的她安安靜靜的，他心裡卻沉甸甸的。

他差點讓她哭了，他真不是個東西。

他原本只想讓她抱抱他，想到心都澀疼。那像是種抑制不住的感情，更像是一種植入骨髓的病。於是不擇手段，費盡心機。

他擋著冷風，在孟聽的指點下，把自行車停在離社區還有一段路的地方。

這邊雖然沒有建起來，綠化卻做得不錯。

她下了車，把衣服還給他，輕輕說了謝謝，尾音都帶著甜，然後推著車往家門口走。

如果是夏天，她一個背影都會美得驚人，然而冬天卻多了一份溫柔和嬌憨。

他心口滾燙，又甜又澀。

江忍這輩子第一次喜歡一個人，他其實不懂該怎麼喜歡她，可是她一個回眸就能讓他忍不住愉悅，卻也能讓他從血液裡泛出密密的疼。

「孟聽。」

她回頭，目光疑惑：「嗯？」

他忍不住向前走了幾步，最後停下，笑道：「沒事，回家吧。」

她點點頭，漸漸走遠了。

孟聽回到家，卻發現家裡出事了。

舒蘭眼淚鼻涕糊了一臉，舒志桐邊打她邊氣呼呼道：「我就恨不得沒妳這個女兒！」

舒蘭尖叫一聲：「你以為我想要你這種爸爸啊！」又窮又蠢，為了養別人的種，把自己弄到這副境地。

舒楊站在旁邊，也被打了幾棍子，然而他默不作聲，忍著痛承受。

孟聽趕緊進門：「爸爸？」

舒志桐氣得胸口起伏，半晌後才丟了棍子，誰都沒理，回屋去了。

晚上是孟聽做飯，舒蘭跑出去了。舒楊吃了半碗，最後放下筷子。舒爸爸說不吃，他氣都氣飽了。

餐桌上只有孟聽和舒楊兩個人。

「發生什麼事了？」

舒楊皺眉，卻沒說話。孟聽見他不說話，從房間裡拿了紅藥水給他：「自己擦擦吧。」她點點他後背的位置，擔憂道，「這裡有血。」

舒楊說：「不是我的。」

他抬起眼睛，總算把事情告訴她：「是別人的，我把他打了。他不小心從樓梯上摔了下去，現在在醫院，剛剛爸去賠禮道歉了。」

孟聽不可思議地看著他，舒楊性格沉穩，一點都不像是會打架的人。

舒楊別開眼睛，聲音艱澀：「我放學去接舒蘭的時候……那個男生在親她。」

他卻有部分沒說，那個男生的手伸到舒蘭衣服裡了。

他雖然性格淡漠，可他究竟是她同個娘胎裡出來的哥哥。他當場拉開舒蘭，一拳打了過去。

他們做偷偷摸摸的事，挑的是樓梯間，那男生沒站穩，從樓梯上滾下去，當場就進了醫院。

這事鬧得有點大，那家人也讓賠錢，還罵舒蘭沒家教，小小年紀就和男生廝混。也怪不得舒志桐氣成這樣。

孟聽聽他講完，把藥打開，語氣柔和：「好了，把藥擦了，飯吃飽。」

舒楊握緊了拳：「妳不怪我？」

孟聽搖頭，她笑了：「你很少發脾氣。」每次衝動，總是因為遇見了連理智都不能控制的事。比如那年她被毀容……舒楊衝進了火海，只不過……他沒能找到自己。

孟聽說：「保護姐妹很好，但是下次不能這麼衝動了。萬一人真的出事，你後悔都來不及。」她頓了頓，「爸爸賠了多少錢？」

舒楊臉色灰敗，半晌道：「那家人要兩萬五，爸先給了六千。」他打人的時候不後悔，然而後來也開始反省自己的魯莽。

家裡沒那麼多錢，舒志桐在研究所賺的都還在還債。

舒楊眸中黯淡，幾乎沒有一點神采。

孟聽看了他一眼，回了房間，沒多久便出來了，把獎狀拿給他看。

那張獎狀上寫著——全國中學生奧數比賽第一名，孟聽，特發此證，以資鼓勵。

舒楊不懂她的意思。

孟聽把獎狀放到他手上：「這個有八千塊獎金。」

舒楊愣住，然後他聽見少女平靜而堅定的聲音：「舒楊，你很厲害，去參加比賽賺錢。」

少年黑眸裡，隱隱燃起光亮。

舒蘭跑出去的那天晚上，舒爸爸依然去把她找了回來。

舒爸爸是個父親，哪怕子女再渾，父母也沒辦法割捨。

孟聽這兩天也知道了更多，那個和舒蘭親吻的男生，是張依依的男朋友，叫陳爍。

舒爸爸週末想拎著水果去看他。

這事再怎麼說，也是他兒子把人家打到了病床上。然而對方獅子大開口，舒志桐卻是不認的。他說要醫療費收據，那家人卻始終不給，還說要鬧到七中去。

陳爍早就能出院了，然而因為舒爸爸沒有賠夠錢，他賴在了醫院。

舒志桐出門時臨時接到電話，研究所那邊緊急找他，他看離學校近，於是把水果給了孟聽，讓孟聽放學後帶去醫院給陳爍。肯定不可能叫舒蘭，畢竟舒蘭和那男生的事讓舒志桐很生氣。

孟聽點點頭，她本來想叫上舒楊，可是擔心事情更加惡化，於是沒叫他。

舒楊這幾天在準備物理競賽，他物理很好，比孟聽還高幾分。

趙暖橙看她拎了這麼多水果：「聽聽，妳帶給誰的呀？」

「醫院一個男生，我爸讓我帶過去。」

「哦哦。」

去醫院和回家並不是同一條路，她告別趙暖橙，穿梭過放學的學生，往醫院騎。

趙暖橙跟她揮揮手，轉頭就看見了江忍。

黑髮少年坐在摩托車上，目光落在孟聽的背影上。賀俊明倒是笑嘻嘻地跟趙暖橙打招呼：「妳叫趙……趙什麼？」

趙暖橙怕他們，瞪了他一眼，不情不願地道：「趙暖橙。」

江忍垂眸：「她去哪裡？」

趙暖橙最怕的就是他，結結巴巴地交代了。

他們這群人凶神惡煞的，周圍都沒有學生敢靠過來，然而回頭率倒是百分百。

江忍戴上安全帽，誰也看不清他什麼眼神。

孟聽去到醫院三〇二病房時，裡面只有陳爍一個人，他翹著腿躺在床上，拿著遙控器在換頻道。

孟聽敲敲門走進去，把水果放在他的床頭。

她並不喜歡這個人，「這是舒楊的賠禮。」見他看過來，她點點頭就想走。

床上的男生睜大眼睛，呆呆地看著她的臉，等孟聽要伸手關門時，他急切地道：「等一下同學！」

孟聽看過去，她長睫輕抬，杏眼有幾分勾人的明麗，陳爍心跳飛快。

太他媽漂亮了！

「妳是誰？」

「舒楊的姐姐。」

那一瞬陳爍已經有了主意：「等等妳別走，妳叫什麼？」

孟聽皺眉。

陳爍嘶了嘶口水：「妳家不是還欠我醫藥費嗎？妳爸不打算給了是不是，還欠一萬九呢？但我確實受傷了。要不這樣吧，妳……」他驚豔地看著少女，舔舔唇，「妳做我女朋友，陪我玩玩，我就不追究了。」

孟聽還沒反應過來，身後幾步走過來一個人。

江忍一腳把門踹開，他眉眼狠戾，一拳打在了陳爍臉上。然後把陳爍從床上拖下來，按著他腦袋往地上砸。

江忍拿起櫃子上的花瓶砸了下去，血液順著陳爍的腦袋流了下來，他幾乎毫無反抗之力。

江忍發了瘋一樣地打他。

孟聽被眼前的景象嚇呆了，半晌後她顫抖著拉住江忍。

少年肌肉緊繃，又狠狠踢了一腳地上的人：「現在欠你醫藥費的是我，我再陪你玩，放心，喪葬費都準備好了。」

在利才念書的人，就沒人不認識江忍。

陳爍抱著腦袋，求饒都做不到。

這麼大的動靜、花瓶碎裂的聲音，很快就引起了醫生和護士的注意，他們齊齊想把江忍拉住。

然而他像是被觸怒的獅子，滿眼的冷和野，要將陳爍撕裂。他們好幾個人都差點沒能攔住他。

陳爍已經沒聲了。

孟聽推開人群走到他面前，她張開雙臂，擋在陳爍面前，嗓音顫抖：「夠了！」

江忍抬起眼睛看她，他眼眸黑漆漆的，裡面沒有一點亮光，胸口卻急劇起伏。

孟聽又重複了一遍：「我說夠了！」

他突然甩開這些拉住他的人的手，也沒看她一眼，走出了病房。

病房裡的人一陣忙碌，幫陳爍做檢查止血。

孟聽回頭看了眼，陳爍毫無知覺，已經昏迷過去，她再看外面，已經沒有江忍的身影了。她拉了拉書包帶子，往醫務室走。

醫務室的醫生們談及剛剛的打人事件，心有餘悸：「那個打人的男生一看就精神不太正常，這麼多人拉他都拉不住。」

「他哪來那麼大的力氣？現在想想都毛骨悚然。」

「有病就治唄，把人打成那個樣子，你們是沒看到……」

孟聽垂下眼睫，敲了敲門，打斷他們說話：「您好，我來拿藥。」

裡面的談論聲戛然而止。

等她跑出醫院時，外面已經下起了雨。

冬天的雨涼絲絲的，撲在她的臉頰，她卻沒辦法，硬著頭皮沿街走。

因為這場雨，傍晚的天幕下行人很少，紛紛急著避雨和回家。

她在一棵大樹下看見了江忍。

他靠在樹旁，黑色的皮夾克外套上全是水珠。他的車就在旁邊，沒有一點防護措施。

聽見腳步聲，他轉過頭來看她，他眼神冷得像冰，沒有一點溫度，眼裡凶而疏離，活脫脫一個刺頭，哪有先前笑著耍流氓的模樣。

孟聽心下微怯，他打人是真的狠，以至於這個打人的肇事者離開醫院，沒有一個人敢攔他。她嘆了口氣，把手中的酒精和繃帶放在他車後座，然後戴上連帽衣的帽子打算離開。

江忍偏頭看了眼那繃帶，他手指微動，幾步追了上去。

少年雙手有力，握住她的肩膀，將她一起帶到店鋪的屋簷下。他凶狠得要命，推她的背抵著街邊的牆面。

裡面是個便利商店，店主在清點東西，裡面的收音機在放王菲的一首九三年的老歌，她記得叫〈執迷不悔〉。

女聲輕輕地唱——「這一次我執著面對任性地沉醉，我並不在乎這是錯還是對。」

少年的手指抵在她肩上，溫度灼熱。他低眸看著她，裡面的東西冷冷沉沉。

「就算是深陷我不顧一切，就算是執迷我也執迷不悔。」

江忍的呼吸也灼熱，街上行人匆匆，偶爾會有人回頭看他們一眼。店主跟著哼，沒有注意到店外的少年少女，對自己店外發生了什麼一無所覺。

「別說我應該放棄應該睜開眼，你並不是我又怎能了解。」

大雨滂沱，轉眼路面溼透了。他低下頭，很突然地、惡狠狠地吻在她的唇角。孟聽還沒從肩膀上的疼痛反應過來，一下子被這狠戾又輕柔的觸碰嚇傻了。

熱度從他身上傳過來，讓她臉上的紅暈一路蔓延到耳尖。

她偏頭，推開身上的少年，羞恥到不行地捂住唇：「你做什麼！」

「妳呢，妳想做什麼？」他手指用力，「我都走了，妳追出來做什麼？」

他掌心的鮮血落在她的肩頭。

孟聽的臉頰紅得也快滴血，她眸中水盈盈的，咬唇道：「你先放開，好好說話。」

他沉默不語，看了她許久，突然輕嘲地笑了聲，然後放開了她。

這是他第二次發病，然而這次並沒有控制住，甚至比過去都猛烈。他差點把陳爍打死，他打人時腦子一片空白，只剩下陳爍色慾滿滿的「陪我玩玩」。

他甚至忘了她還在他身後看。直到她攔在陳爍面前，眼中同樣是驚懼畏怯，他才覺得全身沸騰的血液一瞬間凝固下來，凍得人牙齒發顫、生疼。

江忍走出醫院時，那些人談論他的話他都聽到了，什麼有病、瘋狗、好嚇人。

雨水落在他臉上，他抹了把臉，想抽菸，手伸進口袋裡，只有幾片薄荷味的口香糖，他才想起前幾天就在戒菸了。

可她偏偏追出來，給了他一瓶消毒的酒精和繃帶。

江忍沒有告訴過她自己有病，他從幼稚園開始就看心理醫生，別的小朋友也不敢和他玩，悄悄地在背後說他。

然而剛剛她都看見了，全看見了。

收音機沙啞，他黑髮上雨水滴落。

孟聽還有被吻的羞惱：「你……」她氣極了：「早知道不來了。」

他冷聲道：「對啊，妳就不該來。」
孟聽看他一眼，想推開他離開，可少年身軀結實，她沒推動。他跟堵牆似的，也不許她走，只是固執地看著她。
他手上的傷口也不流血了，被雨水泡的發白。
孟聽抬起眼睛：「讓開。」
他不說話，指節卻蒼白。他一放開，就真的永遠失去她了。
他只是有心理疾病，總有一天會治好的。
半晌後他艱澀地開口：「我不會打死他，我有分寸。」
孟聽清透的眼中，帶上了淺淺的錯愕，她點點頭：「我知道了，那你先讓我出去？」
他唇線抿出冷厲的弧度：「妳不信我。」
她耳朵發燙：「沒有。」
江忍指出：「撒謊。」
她窘迫地想找個地洞鑽進去。
但江忍那個凶狠得像狼崽子的模樣，誰見了都會覺得他想打死陳爍。
她紅著臉，第一次說這樣的話：「那你以後別這樣啦，他那麼壞的人，要是真的出了事，你還得賠，不划算。」
他僵硬了許久，眼底漸漸點亮光彩。

店主整理完裡面，才看到外面的雨一下子下大了，他驚呼一聲，連忙去收外面的東西，一出來就看見了他們。

少年把少女困在方寸之地。

那少年黑色皮衣黑色手套，頭髮在滴水。那小女生臉頰通紅，看見驚訝的店主，又羞又惱，索性別開了臉。

江忍轉頭，語調凶狠：「看什麼看。」

店主心想這小子……他在心裡嘖了聲，一時倒也不急著管外面的東西了，反正屋簷寬，淋不溼。

孟聽說：「你快放開，還要臉嗎。」

他忍不住笑了：「不要了。」都給妳。

她差點氣哭。

然而這時候江忍突然跑進雨裡，彷彿被注入了無窮的生命力，拿起車後座的繃帶和酒精。還好它們被分別裝好，沒被雨水淋溼。

他揣在懷裡，忍不住彎了彎唇。

他打陳爍時，花瓶碎裂，割破了他的虎口，拉出了一條很長的傷口。

孟聽還戴著滑稽的連衣帽，襯得小臉可愛，一雙眼睛又溼又軟。

他看了眼她肩上的血印子，又看了眼外面的大雨：「我帶妳去換衣服。」

孟聽連忙搖頭：「不用，我要回家了。」

「妳身上帶著血回去？」

孟聽張了張嘴，也有些擔憂，要是舒爸爸回來了，看見她身上的血印，那一切都不好解釋。她想了想：「我回家之前脫下校服外套就可以了。」

江忍倒是沒有勉強，下雨他的車不能騎，他摸出手機打了通電話。沒過多久賀俊明開著他那輛車過來了，他降下車窗：「忍哥，孟聽同學，上車吧。」

孟聽搖頭。

她兩輩子都和江忍以及他的朋友們不太熟，她和別的同學一樣，對他們這類人，心裡抱著敬而遠之的想法。

江忍看了眼賀俊明，賀俊明這次秒懂：「孟聽同學，我真的不是什麼壞人。雨這麼大，妳很難坐到車，天都要黑了，求求妳勉強坐一下好不好？」

孟聽尷尬地點點頭。

他們把她送到家附近。孟聽下車之前，江忍說：「回去什麼都別說，人是我打的，醫院那邊我會處理。」

她低頭，心中突然不是滋味。

江忍眼中帶了笑意：「撒謊會不會？要我教妳嗎嗯？」

孟聽心中擔憂：「你別開玩笑啦。」

他看著她溼漉漉的雙眸，心中柔軟：「別怕，有我在。回家什麼都別說。」

孟聽猶豫著點點頭，舒志桐要是知道江忍是誰，江忍為什麼要打人，心裡大概會更加焦慮。

他喉結微動，看著她的唇角：「剛剛……」

她抬起眼睛，有種純粹的乾淨，別樣勾人。

靠！

江忍心一橫，眼裡帶了笑，在她耳邊低笑道：「妳初吻？」

孟聽腦海裡一暈，羞憤到想打死他。

她拉開車門，看也不看他，消失在了雨裡。

賀俊明回頭：「忍哥你剛剛說什麼了？孟同學怎麼突然生氣了？」

江忍輕飄飄地看他一眼：「開你的車，廢話那麼多。」

他摸摸自己的唇，他當時在發瘋，然而現在回味，媽的要命，真甜真帶感。

孟聽跑進社區時，舒楊撐著傘正打算出門。

「妳回來了？」

孟聽點點頭：「舒爸爸呢？」

「還在實驗室，打電話回來讓我去醫院接妳。」他眸色微沉，「妳去看那個人了，沒事吧？」

孟聽低下頭，語調輕輕的：「沒事。」

姐弟倆一起走回去，客廳裡的舒蘭見了他們，冷笑一聲，回了房間。

自從她被舒爸爸發現早戀鬧禍以後就一直是這副陰陽怪氣的模樣。

陳爍被打的事，這一晚舒家沒有人知道。然而第二天早上，陳爍的爸媽就到處哭訴，說他們好好的兒子，昨天還沒事，結果今天被人打成那樣，現在都還在醫院昏迷沒醒。

他們第一個想到的就是舒楊，然後報了警，打算讓舒楊吃牢飯。

警察調出醫院的監視器畫面，那年監視器畫面模糊，只能隱隱看出打人的是個黑髮少年。

陳爍的母親撒潑大哭：「這天殺的崽子，不想賠醫藥費懷恨在心，竟然還把我的小爍打成這樣。」

警察第二天一大早就來了舒家。

孟聽開門，她才剛洗完臉，睫毛上還帶著水珠。看到這麼多警察時怔了怔，然後心跳不自覺加快了。

門外的警察也怔了怔。

他們都是三十幾歲的男人了，看見這漂亮得不行的小女生也移不開眼。

最年輕的那個叫小沈的警察臉紅得不行，最後還是為首的人說：「小女孩，妳家大人在家嗎？」

這麼大的動靜，舒志桐連忙過來，看到這麼多警察很詫異，連忙把他們請進來：「你們好，請坐，請問發生什麼事了？」

警察搖搖手拒絕了他：「今天接到報案，你兒子昨天把人打傷了。」

舒志桐臉色下意識一白，隨即發現不對勁，舒楊打人已經是好幾天前的事情了，怎麼會是昨天打傷的？

舒楊和舒蘭也穿好了衣服出來。

警察一見到舒楊就沉著臉：「你叫舒楊？」

少年點點頭。

「接到報案說你打傷了陳爍，跟我們走一趟吧。」

舒楊怔了怔，舒志桐連忙道：「警察先生，我兒子之前是和陳爍發生了衝突，但是是不小心發生的意外，而且我們兩家溝通以後也決定和解。我們已經賠了一些醫藥費，您看這件事是不是有誤會？」

孟聽抬起眼睛，手指握住了衣角。

警察嚴肅地說：「昨晚陳爍進行手術，受傷嚴重。哪來的誤會？舒楊，跟我們走一趟，如果有誤會，會還你一個清白的。」

舒楊到底是個少年，從來沒有面對過警察審問，臉色有幾分蒼白，然而他看看爸爸和姐姐妹妹，點點頭：「我和你們走。」

等一行人要走出門外時，孟聽突然攔住他們，那個叫小沈的警察安慰她：「沒事的，只是調查。」

少女白著臉搖搖頭，她聲音很輕：「不是舒楊。」

為首的警察虎著臉：「小女生懂什麼，監視器畫面都調出來了，不是他妳說是誰？」

孟聽抿抿唇，她只是重複道：「不是舒楊。」

她看出舒楊很害怕，這個少年雖然性格淡漠，可是到底才十七歲，他一向活得勤懇守規矩，有什麼情緒都不外露。因為外面的警車，公寓大樓的人都伸長脖子在看，如果他們把舒楊帶走，舒楊會有很長一段時間活在流言蜚語中。

可是他們問那是誰？

她想起那個黑髮不羈的少年，閉口不言。

少女身體纖弱，攔在警察們前面，舒志桐看得心疼，拉過她跟警察道歉：「不好意思，我女兒不懂事，你們別見怪。我兒子是個好學生，他不會把同學打成那樣的，肯定有誤會。」

警察擺擺手：「行了行了，調查是必須的，要真是他跑不掉，不是他會放他回來的。」

舒志桐說：「我和你們一起去，我是他的監護人。」

警察同意了。

警察最後還是強制帶走了人。

舒蘭這時候也知道害怕了：「哥不會真打了人吧？」

孟聽轉過頭：「妳才知道害怕嗎？」

「妳！」

她們不可能也跟著去警察局，舒志桐走之前叮囑她們去上學。

孟聽騎上自行車，冬天的風颳在她的圍巾上，泛起一陣冷。

昨晚才下過雨，空氣帶著冷意的泥土清新味道。

她去得晚，班上已經快上課了，國文老師讓大家拿出書來大聲朗讀文言文。

孟聽一早上的課都聽不進去，直到第二節下課時，班上突然沸騰了。

「剛剛隔壁學校來了警車，你們猜怎麼了？」

所有人都圍了過去，那個女生說：「江忍打了人被帶走了，聽說這次是他自己報警的。」

「真的假的啊？」

「他不是經常打架嗎？這次怎麼會自己報警？」

「他真的被警察帶走了嗎？」

「那還有假，我有隔壁閨密傳過來的照片，剛剛才傳過來的，據說才剛從他們班帶走人。」

她點開手機，眾人圍過去看，然後唏噓不已。

「他膽子太大了吧，難道這次很嚴重？」

「江忍有暴力傾向嗎？我就說他這種人不是好學生，有一天肯定會犯罪蹲監獄，沒想到這麼快就應驗了。」

孟聽抿抿唇，突然往外跑。

班上幾個人張大嘴，「孟聽去哪裡呢？都快上課了。」

好幾個男生的眼睛也追逐著她的背影。

寒風颳在臉上，孟聽只聽得見自己粗重的喘息聲。

她跑到隔壁學校時，警車還沒走，紅藍色的燈交替在車頂閃耀，她在鬧哄哄的人群中看見了江忍。

他黑色的短髮俐落，周圍看熱鬧的人很多，小聲地指指點點，然而他那目光又冷又野，輕飄飄看過去時，都會忍不住後退一步。

他全身的堅冰，在看見孟聽時瓦解。

他的目光在她身上頓了一秒，然後移開了眼。他並沒有在人群中表現出認識她，然而臉上的表情已經從冷漠變成了漫不經心的悠閒，彷彿去一趟派出所並不是什麼大事。

何翰皺著臉跟在人群後面，嘟囔道：「忍哥這次怎麼了啊？」倒不是驚訝他打人，而是驚訝忍哥自己報警。

賀俊明沒說話。

昨晚江忍讓他讓人盯著舒家，早上他們來了學校，那邊的人才慌張跑過來說警察把舒家的人帶走了，然後忍哥摸出手機，語調很冷靜，說打人的是他。

孟聽擠開人群：「江忍！」

嘈雜的人聲中，他仍聽見了，嚼著口香糖，手插在口袋裡，卻不回頭，皺眉催促警察道：「快點開車門走啊。」

警察用怪異的眼神看他一眼，然後把他壓上車走了。

孟聽好不容易擠到他身邊，卻只能看著警車離開。

賀俊明也看見她了，他走過去：「孟聽。」

少女回頭。

她的圍巾散開了，小臉蒼白，大眼睛溼軟，朦朧帶著淚光。賀俊明本來是想安慰她幾句說沒事，結果看呆了，一陣臉紅。

方譚一巴掌拍在他腦袋上：「你想死啊。」

賀俊明一抖，紅著臉支支吾吾道：「孟聽同學。」

孟聽問他：「江忍會有事嗎？」

賀俊明剛想說沒大事，江家財大氣粗，江忍哪怕被趕出來，也沒幾個人敢動他。然而方譚一把梏住他脖子，一副憂愁的模樣跟孟聽說：「這可說不準，萬一得蹲監獄呢？」

等孟聽走了，賀俊明跳腳：「我靠譚子你做什麼，我剛剛差點被你擰斷脖子。」

方譚聳聳肩：「你個智障，不懂拉倒。」

第八章　比賽賺錢

孟聽趕到派出所時，舒楊已經被放回家了。

她走進去，幾個警察在桌案前寫東西，抬眸就看見了滿心忐忑的小女生，連女警察也多看了眼。

了解到她的來意，好心的警察告訴她：「在這裡坐著等等吧，妳朋友在裡面做筆錄呢。」

江忍被放出來時，就看見了這樣的畫面。

外面大風呼呼吹，冷颼颼的天氣，她坐在大廳內，兩個女警察在逗她，她一下茫然，一下點點頭，手邊一杯茶，好幾個年輕的男警察在看她。

這樣的環境裡，她到底是個十幾歲的小女生，眸中不安。

他幾步走過去，心裡憋著火：「靠，你們圍著她做什麼？」

送他出來的警察一噎，這江少脾氣挺大啊。

江忍一把拽住孟聽的手腕，把她帶出去。

他臉色不好看：「傻不傻啊妳，被人看到妳怎麼解釋？」

他指的是孟聽來到高職喊他的名字。

那是她第一次在所有人面前喊他的名字，但他天不怕地不怕，第一次連回頭都不敢。

孟聽見他臭著臉，也不在意他態度惡劣：「你沒事了嗎？」

「能有什麼事。」

「可你朋友說，也許會……」她擰著眉，換了個用詞，「被拘留。」

江忍漫不經心的：「多大點事，反正我名聲不好。」他這話說得太自然，卻無端讓人聽出些許心酸。她想起班上同學們議論他的那些話，眼底有些熱意。

說到底，江忍打人是為了她。

江忍垂眸，見她仰著小臉看他，眸中水盈盈的。

他突然有些暴躁：「難過什麼啊，不是把妳弟弟弄出來了嗎？」

他早就查到了，那天和孟聽在一起的是她繼弟。

她眨眨眼睛，睫毛沾了水氣。

江忍有些慌了，半晌後用手指指腹輕輕擦了擦她的眼角，低聲哄道：「我保證，和妳有關的，我一個字都沒說，別怕好不好？」

他始終以為，孟聽在害怕這個。

學生最為天真殘忍，他名聲多差啊，和他扯上關係，孟聽整個高中生活也許都不愉快了。

她不知道該怎麼解釋，半晌後輕聲道：「我不怕，你會有事嗎？」

他眼裡漾著笑，懶洋洋道：「不會啊，他算什麼東西。行了，回去上課吧好學生。」

江忍說得篤定且毫不在意，孟聽總算舒了口氣。她才驚覺自己出來太久了，連假都沒有請。孟聽呆了一瞬，點點頭。

江忍攔了輛車，送她回學校。

下車時，學校是下課時間，七中校園內吵吵嚷嚷的。

他看著她，卻沒下車，如果說先前他的名聲還只是有點差，現在簡直可以用極度惡劣來形容了。

聽說醫院裡的陳爍現在還沒醒。

孟聽卻不一樣，她長得那麼好看，笑起來彷彿整個世界的陽光都眷戀她。

他很多次偶遇孟聽，她在人群中安安靜靜的，周圍卻有無數人偷看她。

他也在看她，可是他知道自己是什麼名聲，甚至不能像別人一樣和她打招呼，她不是沈羽晴那樣的人，也不是盧月。

她不喜歡他。

江忍清楚得很，他心裡有個天平，孟聽來看他，是因為愧疚和同情。如果不是因為他打了那個人渣，即便蹲監獄孟聽都不會來看他。

可去他媽的，愧疚？他不需要這東西。

她是七中最特別的校花，光是看著她，不說話，就覺得很美好。

孟聽再回頭時，黑髮少年已經往高職走了。

他漫不經心地走進去，警衛都看了他好幾眼，周圍的人紛紛看過來，眼睛透著驚奇，卻不敢議論他，等他走了，才敢小聲感嘆：「江忍太厲害了吧。」

出了這種事還這麼淡定，簡直厲害慘了。

那年的學生遠遠沒有幾年後那麼皮，早戀低調、害怕警局，也害怕被學校開除。高職哪怕混亂一些，可是平時也只是抽菸喝酒放放狠話，誰敢像江忍這樣，二話不說上去就狠狠把人往死裡弄。

江忍這件事，在高職的學生心中產生了極大的波瀾。

陳爍被他打得不省人事，要是沒人拉著，大概連命都沒了。他這麼快被放回來，卻依然不會這麼簡單就算了。

醫療費大筆地賠，周圍也鬧得沸沸揚揚，甚至周圍的住宅區都知道，高職有個壞透了的學生故意傷人。

這件事對學校的影響也大，一年一季度總會招新學生，要是江忍在這裡，他們招生會受影響。

這麼大的事，也傳回了B市。

江董事長氣得眼前一黑，說讓學校嚴加管教，他不會插手這件事。

於是就出現了高職下週一打算讓江忍念檢討的傳聞。

不知道這事是怎麼傳開的，到了週一升旗儀式時，七中也有很多人知道了。

「我的天江忍要當著全校的面念檢討啊，他會不會發飆打人？」

「我覺得他不會念吧。畢竟那麼多人看著，江忍那種脾氣，他沒把陳爍拖出來打死就算好了，還指望他檢討？」

「我聽說江忍剛來他們高職時就因為蹺課打架被記過，老師也不敢讓他檢討。」

班上嘰嘰喳喳的，有人突然說：「他們高職平時週一講話都是用麥克風的。」

麥克風很大聲，高職開總結大會都是用麥克風。因為學生們太鬧騰，而麥克風聲音敞亮。七中卻不用，全靠教務主任用喉嚨吼，用威壓來震懾學生，好在七中的學生好管聽話。

此刻想起隔壁是用麥克風，大家都興奮了！

也就是說，站在這邊，就可以聽到那邊的情況。

孟聽抬起眼睛，他們兩所學校之間，只有兩堵牆加一條小巷的距離。她抬眸望過去，只能看見高高的牆，飛鳥飛過。

他脾氣那麼臭，那麼霸道不講理，真的會乖乖受罰念檢討嗎？

江忍不打算念檢討。

他在辦公室聽老師講話，他們班導師姓劉，是個五十歲的小老頭。

劉老師絮絮叨叨說了一堆，什麼道歉就算了啊，江忍是高職的學生，總得為學校的名譽考慮。要是打架鬥毆還死不悔改，對學校的名譽不好。

江忍站著，手插在口袋裡，嚼口香糖時咬肌時不時鼓動。

他雖然不說話，也漫不經心的，可是劉老師心裡發慌。

「就讓你念個檢討，意思意思，跟陳爍道個歉，你想想你把人家打成什麼樣了？」

江忍嗤笑了聲。

劉老師臉上掛不住：「和老師說話你能不能不要吃東西，吐了！」

他淡淡地道：「想抽菸，還沒戒完。」

劉老師：「……」算了，總比抽菸好。

他講了半天，跟江忍說：「檢討書在這裡，這是……範本，你照著念就行了。」

江忍掃了眼，不知道誰代筆的，倒真是標準的檢討書，他沒伸手拿。

賀俊明在外面探了個頭：「報告老師！我找江忍！」

劉老師：「賀俊明！這是辦公室，我在訓話！」

賀俊明嘿嘿笑：「忍哥，鐔子他們把車開過來了，問你去不去小港城玩。」

江忍嗯了聲，似乎不打算再聽劉老師的廢話了。

劉老師氣得七竅生煙，這……這……這些混帳學生。

劉老師不抱希望地又說：「江忍，你看看這件事影響多大，你名聲多差了，不僅是我們學校的，隔壁七中現在也認識你。你是學生，不是流氓，走在路上同學都怕你，像話嗎！」

他當了幾十年老師，一脫口就沒忍住。

江忍突然回了頭，眸中黑漆漆的，劉老師突然噤聲。

然後江忍走過來，劉老師想起之前老師被打的事，下意識差點後退，就見江忍拿起了桌子上那張紙。

賀俊明快笑噴了：「忍哥你真要去念檢討啊。」

江忍嗯了聲。

何翰也不解，他們本來都打算出去玩了，可是忍哥轉眼就改變了主意，要上臺去念檢討，為了什麼啊？

方譚讓賀俊明說了下情況，方譚最後若有所思地道：「那天以後孟聽一直沒來找他，他不開心吧。」

他說起江忍不開心，幾個人都沉默了。

江忍那天從警局回來以後確實不開心。四天時間，有時候也不去打球，就趴在桌子上睡覺。

他心裡面還是介意打人那件事。

他那時候的猙獰和瘋狂，全被孟聽看見了。他被帶上警車時，也不回頭看她。甚至那天回了學校，嘴角的笑就消失了。

江忍第一次清晰地知道，他和孟聽越來越遠。

然而孟聽於他，幾乎是不可能的人。

他不敢再肆意找她，攔她回家的路，因為名聲太差。而孟聽不喜歡他，自然不可能主動找上來。

只是大家都沒想到，江忍真的會念檢討。

校長訓完話以後，他走上臺，他的黑髮長長了一點，眉眼依然帶著幾分不羈的痞氣。

他一上去，下面都安靜了一下，然後他懶洋洋一笑：「我是江忍，來念檢討。」

下面突然響起劇烈的鼓掌聲，還有起鬨的口哨聲。

麥克風的聲音傳到七中，本來在總結上週工作的老師聲音被蓋了下去。

七中的學生們興奮得面紅耳赤！

我靠！江忍真的要念檢討。

趙暖橙瞪大眼：「我的天啊，他怎麼突然這麼……」這麼配合了。

孟聽也有點發愣，她搖搖頭，表示自己也不知道。

因為江忍打了陳爍，舒志桐和舒楊徹底解脫了。畢竟真正把人打成重傷的已經在善後了，他們家那個意外輕傷自然也不用再賠了。

舒志桐感嘆道：「陳爍到底都惹了些什麼人啊，下手真狠。這些學生啊，唉。」

那邊麥克風聲音敞亮，江忍落落大方：「打人不對，我向那誰道歉。希望他早點出院。」

賀俊明快笑噴了，忍哥連人家名字都沒記住。

江忍看著手上的紙，慢慢念：「我以後一定友愛同學，改過自新，希望同學們能原諒我，相信我可以改變，也不要學我。我打人的理由……」

江忍懶洋洋地繼續：「我看他不順眼。」

下面目瞪口呆。

等他把勵志的廢話念完了，賀俊明帶頭瘋狂鼓掌捧場：「好！」

大家傻愣愣地跟著鼓起掌，掌聲不絕於耳。

隔壁豎著耳朵聽的七中學生也驚呆了，打人理由這麼隨便的嗎？厲害！

校長臉色變了又變，最後說：「好了，下去吧。」

江忍沒理他，他拿起麥克風，突然彎了彎唇：「我錯了，隔壁七中的同學聽到了也鼓個掌啊。」

真是瘋了！

然而七中不知道是哪個愛挑事的帶頭，掌聲斷斷續續響起。

趙暖橙饒是不喜歡他，可這人太猖狂了，和所有規規矩矩的人一點都不一樣，天生的反骨刺頭，她也湊熱鬧使勁鼓掌：「我的天哈哈哈笑死了，他好厲害啊。」

七中教務主任臉都綠了：「你們起鬨什麼呢，都給我安靜點，還想不想評團體榮譽了，我再看到哪個班起鬨就扣操行分！」

然而這招法不責眾，在大家都沸騰起鬨的時候失效了，所有班差點管都管不住。

何翰聽到隔壁的掌聲快笑抽了：「忍哥厲害。」

方譚嘖了聲，江忍做這些，只是想確定她能聽得到。

七中第一次這麼沸騰，看熱鬧的、感慨的、瞎起鬨的。

他說他錯了，聽到就鼓個掌。

在所有人面前認錯，換了誰心裡都會覺得不好受。

孟聽站在人群中間，想起他那天發瘋打架的模樣，輕輕彎了彎唇，和大家一起，為他的檢討鼓掌。

江忍檢討的事情告一段落，孟聽放學回家時，一進門就聽見了舒爸爸道歉的聲音。

一個四十六七歲的男人不耐地擺手：「行了，這些話你都說多少次了，要不是看在是表兄弟的分上，我能讓你拖這麼久才還嗎？我算給你的利息也不多，仁至義盡了，總之我這週要交房子的錢，你必須還，沒得商量。」

孟聽進來，舒爸爸趕緊道：「聽聽回來啦，先回房間好不好？」

孟聽指節蒼白，看向沙發上坐著喝水的中年男人。

中年男人叫杜棟樑，是舒志桐的表兄。

孟聽對他的印象很深刻，在上輩子舒家被火燒了以後，就是他帶頭說孟聽是喪門星，害死了所有的親人，後來舒爸爸一氣之下和他斷絕來往。

舒爸爸在實驗室出事死的那年，杜棟樑提出可以領養孟聽，卻被他老婆不依不饒地揪著耳朵罵了一條街：「怎麼，你親表姪子姪女不養，要養一個賠錢貨。她漂亮水嫩是不是？那個小狐狸精長那副模樣，把你魂都勾走了吧！」這話罵得難聽。

孟聽當時就站在窗前，看著他們的背影，心裡痛苦又羞恥。

那時候舒蘭哭得傷心，孟聽抱抱她：「別怕，我們都快成年了，以後能自己養活自己。我會代替爸爸好好照顧你們的。」

她卻沒有看到舒蘭眼中的怨毒。

而如今，一模一樣的事發生了。

杜棟樑上門來討債，他是做生意的，家裡有點錢，在H市市中心買了房子，還想著買間海景房。

這年房價不高，約莫兩三年後房價會翻好幾倍。

舒爸爸走投無路，最後去接了比較危險的實驗打下手，最後因為輻射死在了實驗室。

杜棟樑轉過頭，綠豆眼盯著孟聽的臉，嘶了嘶口水，有幾分呆滯。

孟聽沒有聽舒志桐的話回房間，她手指緊緊握成拳，把書包放下，避開杜棟樑噁心的眼神：「舒爸爸，我出去走走。」

她出去才發現外面天色不早了，冬天的風有些冷。

孟聽抱著雙臂，最後去了學校旁。她沒有去自己的學校，反而去了旁邊的高職。

高職這時候還沒關門，光禿禿的柳枝迎風飛舞。孟聽沿著公告亭慢慢看，一張又一張宣傳海報在上面褪了色，她細細辨認過去。

鋼琴比賽……鋼琴教學……

再往下看，還有各種舞蹈比賽，芭蕾、拉丁……

她指尖劃過去，眼裡多了淡淡的笑意，然後在心裡把號碼背下來，有些是已經結束的比賽，有些卻還沒有開始。

公告亭轉角處的梧桐樹下，少年們在抽菸。

孟聽聞到菸味，腳步頓住了。

賀俊明遞給江忍，江忍沒接。大家都看得出來他心情不怎麼樣。

江家那邊打電話過來了。

父子倆還在冷戰，江董事長罵他不學好，江忍譏諷一笑反唇相譏，父子倆大吵了一架。

賀俊明吸了口菸：「忍哥實在不行你就回去唄，在這邊待著也不是事。」

江忍沒理他，表情不好看。

賀俊明也不好再看，提議道：「要不要去酒吧玩啊。」

「不去。」

賀俊明擠眉弄眼：「去玩唄，今天盧月她們也在，一群女生，據說是在慶祝盧月可能被保送上大學。」也許是盧月提前聽到消息，或者每年的保送名額她達標了。

江忍嗤笑了聲：「盧月？」

賀俊明連忙點頭：「就是那個七中高三的美女。」

「你喜歡她你去啊。」

賀俊明尷尬地咳了咳，他是挺喜歡盧月的，可是盧月今天嗲嗲地拜託他喊江忍去，人家意思不挺明顯了嗎，他湊上去很尷尬啊。

何翰點了根菸：「保送？厲害啊。」

「那可不，能考上大學的都厲害。」

連一向不怎麼開口的方譚也說：「是可以。江忍，不然去玩玩唄。」

江忍沒興趣，他動了動手腕：「沒興趣。」他沒什麼表情，和他爸吵過架心情有些糟糕。

賀俊明終於忍不住，嘟囔道：「忍哥你什麼時候認過錯啊，今天卻在全校面前念檢討。你還喜歡孟聽啊？但是你都這樣了，她也沒來找你，值得嗎？」

賀俊明激動得面紅耳赤：「盧月也不錯啊，她成績也好又溫柔長得漂亮，你考慮下她唄，至少活得痛快。」

孟聽垂下長睫，她來的時候恰好聽到了這番話。

天色漸晚，她看著自己的腳尖，在心裡認可賀俊明的話。

是的，盧月學姐和沈羽晴不一樣，她挺不錯的。而自己確實不喜歡江忍，感受不到他的痛，不會因為他的付出去靠近。

她只想好好考上大學，讓舒爸爸安享晚年，以後找個合適的人過一輩子。

江忍不是那個合適的人，少年太過銳利，他霸道偏執，家境不凡，和自己走的注定不是同一條路。

然而她剛想抬步走開，江忍一腳踹在賀俊明的屁股上：「滾，別惹老子心煩。」

賀俊明被他踹出來，一抬眼就看見了同樣呆住的孟聽，他張大嘴巴，半晌後緩過神，嘴角一抽：「孟聽同學，好巧啊。」

孟聽點點頭，她有些尷尬地道歉：「對不起呀，我不是故意聽你們說話的。」

聲音軟軟甜甜的，像夏天的花蜜，聽得人心顫。

賀俊明趕緊擺手：「沒事沒事。」

孟聽笑了笑，轉身離開。

江忍臉色不太好看，突然起身，追了過去。

何翰咂嘴：「賀俊明你這個傻子，你完了。」

方譚也不厚道地笑：「你完了。」

他們都知道忍哥多喜歡孟聽，簡直是當寶貝的，可是賀俊明剛剛不是在挑撥離間嗎。

賀俊明一臉菜色，他不死心道：「我說的就是實話啊，孟聽那麼難追，和我們簡直不在同個世界。她太漂亮了，純得不行。盧月確實不介意忍哥的過去啊。要是我，我就選盧月，你們呢？」

何翰好半天才開口：「你想聽實話？」

賀俊明點頭。

「我選孟聽。」

「靠！鐔子你呢！」

方譚：「孟聽。」

「不是吧你們！」

何翰艱難地說實話：「雖然孟聽是難追，可是她……」他咳了咳，「真他媽好看啊。」不只是好看，聲音也甜，對人笑一笑心臟都快跳瘋了。而且孟聽帶著一種少女的嬌憨和甜蜜，這是盧月她們都沒有的。

方譚按滅菸，也說：「趁著忍哥不在，我也說實話。孟聽那樣的，就是每個人都想擁有的女朋友。你不想是因為你知道追不到，也不敢追。」

「……」

孟聽沒走多遠，被江忍拉住了手腕。

他有些煩躁急切：「妳聽到什麼了？」

孟聽看著他輕聲道：「沒聽到什麼，你放開我江忍，我要回家了。」

江忍捏著她的下巴，讓她看著自己：「他們說笑的，妳別放心上。」他說，「我和盧月沒什麼。」

孟聽點頭道：「哦。」

他臉色一沉，眉毛凌厲，有些凶巴巴的樣子：「妳不信我？」

她趕緊搖頭：「信。」

語氣認真，乖巧配合得不行。

江忍笑了：「嗯，我真不喜歡她。」他看著她的眼睛，孟聽心怦怦跳，在他下一句說出來之前，她推開他，語氣輕軟：「我相信，我現在要回家啦。」

他眼裡有幾分笑意：「喂，孟聽，妳這麼聰明，猜到我要說什麼了吧。不聽也得聽。我喜歡妳。」他拉起她的手，放在自己的胸膛上：「真的，只喜歡妳，感受到沒？」

少年結實的肌理下，心臟劇烈跳動。

孟聽臉紅透了：「你還是學生呢，你別整天想這些行不行。」

江忍沒忍住笑得胸腔顫動：「教育我啊？」他快笑死了，怎麼這麼可愛，也只有她還想著他是學生。

他笑得有點壞：「孟同學，我書念得不好，滿腦子都是這些廢料，妳救救我唄。」

「救救我唄」這幾個字他語調上挑。

孟聽的臉紅透了，她茶色的眼瞳溼漉漉的：「我不想和你說話。」

江忍說：「救人一命勝造七級浮屠，是這樣說的沒錯吧。好學生，這麼狠心看同學墮落啊。」

她耳尖紅透，恨不得打死他：「你就不能好好說話嗎？我要回家。」

他低笑了聲：「好啊放妳走。」

等她真的要走，江忍突然又反悔了。

他很久沒見過孟聽了，其實很難熬。他無數次想要找她，可是想起那天自己從警局回來，一路上那些人的眼神，特別是七中那些女生的眼神，他怕從她眼裡看到這些。

他其實有很多話想和她說。

那天從醫院出來以後，她不披他的衣服，他就再也沒有抽過菸了。

難受也忍得住，想想她就什麼都忍得住了。

可是現在她來了。這次是她自己來高職的，都放學了，她來幹什麼。這次可不是他死皮賴臉找她的，是她自己送上門的。

孟聽走了好幾步，身後傳來一股力，她沒站穩，被他壓在牆面。

那時候冬天，他胸膛火熱。

少年眉宇漾著笑，語氣卻凶惡：「說完再放妳走，為什麼來我們學校，嗯？」

孟聽拍他手臂，急得不行：「不為什麼，你煩不煩呀江忍。」

她總不會告訴他她要參加舞蹈鋼琴比賽賺錢吧。

江忍輕笑了聲：「我之前進警局，總覺得再找妳對妳名聲不好。我想，還是不喜歡妳了，別連累了一個好學生。」

她睜大眼睛，看著他。

他被她這副有些欣喜、有點意外甚至快微笑的表情萌到了。

然後江忍無情地捏捏她臉蛋：「可是怎麼辦，剛剛發現，我看見妳一次，喜歡妳一次。」

孟聽護住自己的臉，快氣死了：「你別動手動腳。」

江忍收回手：「好，告訴我啊，妳來這裡做什麼？」

他心中隱隱有希冀，希望她是來找他的。

哪怕他也知道，這樣的可能性太小了。

孟聽長睫輕顫：「心口悶，出來走走而已。」

他知道她沒說真話，她鮮少撒謊，一眼就看出來了，然而他也不為難她，低聲道：

「天色快暗了，別瞎晃悠知道嗎，早點回家。」

孟聽趕緊點點頭。

江忍到底不放心，他開了車來，摸出車鑰匙：「我送妳回去。」

「不用啦，有公車。」

「快點啊，還想不想回去了。」他蠻橫不講理。

孟聽到家時，卻遇到了一個意想不到的人。

徐迦下來丟垃圾。

從社區出來有個垃圾集中場，他一轉彎就看見了孟聽。

天色灰暗，十一月的天，樹葉被晚風吹得沙沙響。

她從一個少年的車上走下來，她走了好幾步，那少年追出來。

徐迦認出他，他是江忍，利才高職這學期剛來的年級老大，據說犯了大錯被江家趕出門，一來就打了班導師。

徐迦和他們都不在同個學校，但他知道江忍，H市的房地產就是江家的產業。

江忍追出來，徐迦注意到他的手臂抬起來，似乎想抱抱孟聽，然而她回頭以後，他收回手若無其事地笑：「明天見。」

這樣的表情徐迦太熟悉了。

國中的時候，有許多喜歡孟聽的人，曾經悄悄跟在她後面，去看她跳舞練琴。每個人都想和孟聽說話，然而那時候她又乖巧又懂事，頂多靦腆笑笑，從不多說。同樣的想觸碰卻不敢觸碰的表情出現在江忍臉上，徐迦一瞬懂了許多。

他把手上的垃圾扔了。

等江忍開車走了，他走過去：「孟聽。」

孟聽思考了一下，想起來他是誰，徐叔叔的兒子，他叫什麼？

「徐迦？」

徐迦笑著點點頭。

他也沒提江忍的事，反而問她：「十二月份的鋼琴比賽妳參加嗎？我媽在招人。」

今天杜棟樑來討債的事，鄰居都知道了。徐迦知道孟聽現在情況窘迫，她十四歲時，是不愁吃穿的幸福小女生，然而長大了，她經歷了太多事。杜棟樑要債鬧得難看，孟聽心裡肯定不好受。

徐迦知道她想要什麼。

孟聽想起來，徐迦的媽媽是高職的一名音樂老師。她眼睛亮了亮，也不推諉：「嗯！」

徐迦笑容謙和：「妳來我家填個表吧。」

孟聽怕自己去打擾到他，而且徐叔叔一家熱情，她去多半會被留下吃晚飯。於是孟聽在家吃完飯再過去。

徐迦的媽媽叫宋麗娟，在利才高職教高二四個班的音樂。

宋麗娟知性美麗，孟聽去的時候是徐迦開門的，宋麗娟眼睛都亮了：「是聽聽啊，坐，阿姨去拿水果給妳。」

徐迦笑了笑：「我媽有些自來熟，妳別介意。」

孟聽搖頭說不會，宋麗娟回來她輕輕笑，眼睛彎成月牙，甜甜地喊謝謝阿姨。那笑又美又甜蜜，宋麗娟一個中年女人都看呆了。

徐迦喊他媽媽：「表格呢？」

宋麗娟這才想起來，把報名表給了孟聽。

孟聽一看比賽金額，很高的獎金，第一名一萬五，在這一年，可是個天價數字了。

宋麗娟說：「這個比賽獎金雖然豐富，可是挺難的。妳學了幾年鋼琴呀？」

「六年。」

宋麗娟皺眉：「有些短啊。」她看了眼自家兒子，然後笑開，「最近有練琴嗎？」

孟聽搖搖頭，她誠實道：「很久沒有彈了。」

「這可不行，趁著還有一個月，聽聽妳多練練。」宋麗娟也想到舒家現在的窘境，想必孟聽家裡沒有鋼琴，她提議道：「我有學校音樂教室的鑰匙，聽聽妳放學來利才練琴可以嗎？」

孟聽很高興，眼裡亮晶晶的：「謝謝宋老師。」

「叫什麼宋老師。」宋麗娟嗔怒道，「剛剛不是還喊阿姨嗎？」

孟聽笑著應了。

她們交流時，徐迦就坐在不遠處的沙發看書。

等她們聊完了，他起身送孟聽出去。

徐迦闔上門，對上母親調侃的視線：「小迦啊，你國中的時候不是還跟著人家回家嗎？我不來找你你都不想回來了，怎麼人家現在來了，你一句話都不多說？」

徐迦淡淡地看母親一眼，平靜地笑道：「小時候不懂事。」他再次叮囑了一遍，「媽，妳別在孟聽面前提這事，她會尷尬。」

「嘖，越長大越不可愛。」

徐迦沒說話，把孟聽吃了一點的水果端進了自己的房間，宋麗娟沒注意。

孟聽第二天板著小臉跟舒志桐說：「舒爸爸一定一定不能去做輻射實驗好嗎，你答應過我的，不許反悔。我和舒楊他們都長大了，以後家裡會越來越好的，舒爸爸再等等。」

舒志桐苦笑：「好。」

她這才笑了，騎著自行車去上學。

天氣越來越冷，孟聽騎車時戴了一副兔子手套，上面一個粉嫩嫩的蘿蔔。

趙暖橙上次月考成績不太好，這幾天老是挨罵，她沮喪道：「我就是化學不好嘛，我有什麼辦法。」

孟聽想了想，把自己的卷子分好類，拍了拍趙暖橙的肩膀：「暖橙，妳看。」

趙暖橙回過頭。

這年除了首都，各地都考地方卷[1]。

孟聽說：「升學考模擬卷，化學一共七道選擇題。每一道的類型都是固定的。比如第一題，是元素選擇題。」她聲音輕軟，洪輝紅著臉也偷偷瞥過來。

孟聽的筆尖下滑，「第二道永遠是化學方程式……」

見趙暖橙瞪大眼睛，孟聽又說：「而且我發現一個規律，前四道選擇題，一定是ABCD每個選項都涉獵了一遍。」

趙暖橙翻了七八張卷子，一臉我靠。

「然後最後三道題，很大的機率是BCD各一個。」

趙暖橙吞了吞口水，也就是說，如果會做前四道的三道，那猜都能猜對不會的那一道。

孟聽見她意會了，笑著說：「後面的大題也一樣，比如化學一定會考一個元素推理題，而每種題型都是固定的方式。妳總結六七張考卷，就能發現基本上所有的答案大同小

1 中國人民共和國升學考的出題方式分為兩種：部分省份是自己出題，這些省份的試卷就稱為「地方卷」；其餘的省份是由國家統一命題，稱為「全國卷」。

異。比如最常考銅元素、鐵元素和它的複合物。妳如果實在不會，那就總結卷子以後找規律。」

趙暖橙快驚呆了，她沒想到孟聽這種「踏踏實實」的學神也會總結這種「旁門左道」。

「聽聽妳好厲害啊！」

孟聽失笑，她有些不好意思。她在醫院燒傷毀容那年，趙暖橙哭成了淚人。後來孟聽沒能參加升學考，趙暖橙卻因為化學偏科升學考失利，她重生以來都在想，該怎麼幫幫這個年少時的好友。

洪輝也沉浸在了這種「套路」中，他一看，還真是！

孟聽叮囑道：「這可能不是定律，所以還是要打好基礎，好好努力。」

趙暖橙高興得恨不得親她一口，連聲應諾。然後去找自己的卷子了。

放學以後孟聽沒有回家，她從今天開始得去隔壁高職的音樂教室練琴。

高職的樂器是最齊全的，音樂教室和舞蹈教室都很新，外部卻頗有復古風情。

那年利才的音樂舞蹈教室是一棟磚紅色小樓。

夏天的時候會爬滿爬山虎，冬天吊蘭從三樓垂下來，有種雅致的味道。

雖說利才有藝術及體育班，但是在學校練琴的人少得可憐。孟聽用鑰匙打開門，空蕩蕩的教室裡，一架鋼琴安安靜靜地放置在那裡。

孟聽脫下手套，深吸一口氣，坐在鋼琴旁的椅子上。

她許久沒有碰鋼琴了。教室裡有琴譜，孟聽翻開，第一頁是〈藍色多瑙河〉。

她在心中回憶它的旋律，略一思索，也不參照琴譜，指尖跳躍在琴鍵上，輕快而流暢。

這個時間高職也放學了。

賀俊明他們下午蹺課去打籃球了。冬天打籃球非常舒爽，往往是先冷後熱，後來脫了衣服又冷。

操場旁邊就是磚紅色小樓。

琴聲響起時，幾個男生都忍不住抬頭看。

鋼琴聲清脆，偏偏溫柔多情。

吊蘭垂下來，在寒冷的冬天多了幾分明媚的生氣。

何翰說：「很少聽到有人練琴啊。」

賀俊明點點頭，他雖然不懂彈的是什麼，但實在很好聽。他提議道：「我們去看看唄。」

方譚心裡一咯噔，看向了江忍。江忍把外套往肩上一搭，眼皮都不抬，半點不感興趣：「有什麼好看的，我回去了。」

他說回去就回去，路經那棟小樓時，步子都沒頓一下。

賀俊明嘖了一聲：「忍哥還是放不下吧。」

江忍的母親從前是出了名的高雅清冷，江忍厭惡自己母親，從小到大都不太喜歡會跳舞彈琴的女人。

約莫在他心裡，對這個世界認識之初，就是家裡那冰冷冷的琴音和母親冷淡的眼神。

賀俊明卻是真的想看。

他們高職的女生要麼裝嗲厲害得很，要麼粗糙得不行，他覺得彈琴的人，肯定是個溫柔好看的女孩子。

何翰拍他的肩膀：「走了啊，之前沒被忍哥揍夠啊。」

賀俊明瞬間閉嘴，遺憾地看了那棟樓一眼，跟著大家出校門了。

孟聽練了一個星期的琴，比賽具體時間也出來了。

她放下心中芥蒂參加比賽很不容易，然而這個時間還是讓她怔了怔。

是聖誕節前夕，平安夜那天。

也是她十七歲生日。

第九章　不想她了

這年的十二月格外冷，然而H市的冬天並不下雪，乾冷的天氣伴隨著寒風，吹得人瑟瑟發抖。

孟聽練了將近一個月的琴，她往往都是放學後悄悄過去練，竟然一次都沒有遇見江忍。他們學校不是同一所，江忍心中有顧忌，也不敢直接去找她。公車通行了，孟聽上下學不必再騎車，往往一放學就找不到人。

平安夜前某一天，江忍想她想得不行了。

他這段時間很少騎山地摩托車了，也很少開車。沒再穿破洞牛仔褲，髮根處長出了真正的黑髮。連賀俊明也嘖嘖稱奇，忍哥好像也沒抽菸了。

雖然江忍在學校的名聲還是不怎麼樣，然而江忍確實是在潛移默化地往好處發展。

平安夜前一天晚上，江忍從自己的公寓出來，他在H市住的房子臨海，這邊後面一帶都是新開發的地盤。

H市不下雪，倒是下起了雨。

他很久沒有好好和她說過一句話，晚飯也沒吃，就開著車去了孟聽家社區等她。

小雨一瞬間變成大雨，車窗不斷被雨刷洗滌，卻依舊落下綿密的雨點。

孟聽家在三樓，舒爸爸還沒回來，孟聽也沒想到大雨說下就下。舒蘭關在房間玩遊戲，她自己偷偷用舒爸爸給的錢買了一部手機。而舒楊在房間練習物理題，兩耳不聞窗外事。

孟聽趕緊去陽臺收衣服關窗。

她踮腳用撐衣杆收衣服時，樓下那輛銀色的跑車開始瘋狂按喇叭。

雨聲淅淅瀝瀝，反倒沖淡了喇叭聲。

孟聽抱著一疊衣服往下看時，一眼就看見了熟悉的車，她抿抿唇，心跳飛快，卻沒有打算理會。

孟聽把衣服都收完，怕打雷，又把電器的插頭拔了，最後去關窗戶。

然而喇叭聲一直不停，彷彿她如果不肯見見他，他就不會離開。

孟聽回到房間，把自己的門也關上，喇叭聲總算小聲了。

孟聽在房間整理自己的舞蹈服裝，既然決定了重新彈琴跳舞，這些東西總能用得著。有些是她十三四歲時用的，放在現在的年齡已經不合適了，有些卻依然能穿。

喇叭聲停了下來，彷彿它的主人放棄了，孟聽鬆了口氣。

其實上輩子江忍大多時候是遠遠看著自己的，這輩子他太早喜歡她了，在她眼睛不好的時候，他就已經進入了她的生活。而上輩子更多時候，是他們那群人說說笑笑從她身邊走過去，那個少年會回頭，目光落在她的身上，等她發覺，他又若無其事地離開。

本來上輩子就沒什麼交集，孟聽對他的記憶停留在自己被大火燒傷毀容，江忍回了江家，再也沒有回來。

他的喜歡，其實也就那麼膚淺。

舒志桐晚上十一點多才回來，最近研究所有新項目，還來了幾個初出茅廬、令人頭疼的研究生，他總是忙得腳不沾地。

孟聽知道，舒志桐接了很多不屬於他的活。杜棟樑過來討債，讓這個老實人喘不過氣，舒志桐不知不覺還是在拚命賺錢。

所以贏得更多的比賽迫在眉睫。

十一點多舒楊和舒蘭已經睡了，畢竟高中課業繁重，學生又在長身體，老是覺得睏。

舒志桐小聲進門，放下雨傘，打算簡單洗漱下就去睡覺。

客廳的燈被按亮一盞，孟聽對他打了個手勢，然後用氣音道：「舒爸爸，我幫你留了晚飯，吃了再睡。」

她忙忙碌碌去加熱，然後端上桌子。

舒志桐很疲憊，半夜也很餓，他吃完才感覺冰冷的手腳有了點溫度。

明天是週六，他本來這天也要加班，然而此刻他眉眼慈祥，眼角的細紋也溫柔：「明天是我們聽聽的生日，爸爸不用上班，我陪妳去玩玩吧。」

他把先前護在懷裡的禮物袋子拿出來給孟聽，有些侷促道：「同事說她女兒喜歡這種，聽聽看看喜不喜歡。」

孟聽打開一看，是一條粉色的圍巾。其實過於粉嫩幼稚了，適合十三四歲的女孩子，舒志桐那個同事的女兒年紀應該不大。

孟聽笑著點點頭：「喜歡，謝謝舒爸爸。」

舒志桐鬆了口氣，讓她趕緊去睡覺。

孟聽收了碗筷，舒志桐疑惑嘟囔道：「樓下那車誰的？這是豪車吧，哪家來親戚了嗎？」

孟聽指尖微頓，好在舒志桐沒有糾結，他累了一天去休息了。

孟聽洗完手後把水擦乾，也鑽進了被窩。

她睡到凌晨兩點時做了個惡夢驚醒了，夢裡是那輛貨車追尾，媽媽下意識抱住了她。

她睜開眼睛，眼淚流了一枕頭。

窗外雷聲嗡鳴。

孟聽突然睡不著了，她擦乾眼淚，看了眼墨黑的天，穿上拖鞋走到客廳往下看，那輛銀色跑車還靜靜地在黑夜裡。

他為什麼還不走，都等多久啦？

這個天氣晚上是很冷的，家家戶戶都睡了。

孟聽穿上防寒服，撐著傘出了門。

外面狂風大作，黑夜幽深，那輛車熄了火，駕駛座上卻有人。

她擦了擦臉頰上的雨點，輕輕敲了敲車窗。

江忍愣了愣，轉頭看向窗外，連忙降下車窗，然後他看見了夜幕下的少女，她似乎有些無奈：「你回家呀。」

手機螢幕上出現了遊戲人物死亡的提示——double kill！

他還把組到的隊友害死了，那男生在螢幕那頭狂罵。

江忍關了畫面，嗓音有些沙啞：「上車說話，外面冷。」

她搖搖頭：「你快回家吧。」

小時候還有小男生跟著她回家被媽媽調侃，可是長大以後，成年人學會了矜持，要臉的人都不會再幹出這種事。

然而江忍是不要臉的。

孟聽交代完了打算上樓時，江忍推開車門跑了過來。

就這一下，他身上溼透了。

「孟聽。」

「嗯？你還有什麼事嗎？」孟聽抬眸，漆黑的夜裡，樓梯間裡靜得針落可聞。

江忍漆黑的眸落在她身上：「沒什麼事。」

孟聽說：「那你快回家吧。」

因為是夜晚，她怕別人聽到，聲音壓得很輕，像一根沒有重量的羽毛，卻又軟軟地撓在人的心上。

他突然有些煩躁，拉住她的手腕，孟聽手中的雨傘墜落在地。

暗光下四目相對，他突然笑了：「喂，妳是不是太沒良心了啊，我去你們學校找過妳五次了，妳都不理我，和妳同學說說笑笑。」

孟聽有些尷尬，她輕聲道：「我有事呀。」

「那現在呢，現在沒有事，妳和我說說話。」無邊的靜謐下，他的情緒也壓抑著，卻帶著笑意，「我很想妳真的。」

孟聽咬唇，耳尖有些紅：「現在要睡覺。」她為了增加可信度，還揉了揉眼睛，做出一副睏倦的模樣。

他抬起她的下巴，眼裡含著笑：「孟聽，怎麼這麼可愛啊妳。」

孟聽有幾分羞惱，她壓低嗓音，忍不住罵他：「大半夜大家都在睡覺，傻瓜才到處跑。」

江忍沒忍住，笑得胸腔輕顫：「嗯，傻瓜到處跑。」

孟聽是真沒睡醒，此時反應過來臉紅透了。

「小傻瓜，妳當我女朋友唄。」他眼裡全是笑意，「我一定對妳很好行不行。」

江忍說：「我沒抽菸喝酒打架了，妳聞聞，我身上沒菸味。」他笑得有點壞，「只有男人味，試試？」

誰要聞這個！

孟聽耳尖都紅了：「你現在腦子不清醒，我不要和你說話，我要去睡覺。」

他見她說得認認真真，快被她萌死了。

他抹了把臉上的雨水，語調帶著幾分笑：「是不清醒，遇見妳就一直不清醒。」媽的怎麼就這麼喜歡她呢。

怎麼說都不對，她還說不過他！她快氣哭了。

孟聽抿抿唇，她撿起傘打算回去了。

「妳別走，我不說了行不行。」他輕輕握住她的手腕，最後笑了，「等到半夜，只是想跟妳說生日快樂。」

孟聽抬起雙眸，睫毛沾了雨珠，他想幫她抹去，最後卻沒敢動。

江忍眼中溫柔：「妳回去睡覺吧，明天我帶禮物給妳。」

他出門憑著一股衝動，本來以為今天見不到她了。

「明天晚上七點，我在社區外面等妳行不行？」

孟聽怔了怔，最後搖頭：「不用，謝謝你。江忍你回家吧。」明天晚上七點，她在參加鋼琴比賽。

她把雨傘收好，鄭重地告訴他：「我不會當你女朋友。」她握緊傘柄，「也不喜歡你，你這樣會讓我困擾。」

空氣靜默，她不敢看他的眼睛。

這次她要走，江忍沒有阻攔。半晌後，他虛虛握拳，一手的空氣。

江忍的黑眸盯著她走遠，良久笑了笑，沒關係。她不喜歡他，他就喜歡她多一點點，再多一點，他會變得體貼溫柔，變成好學生，會變成她喜歡的樣子。

平安夜這天上午，舒志桐說要帶孟聽出去玩。

孟聽搖搖頭，最後道：「我們去看看媽媽吧。」

舒志桐愣了愣，小心翼翼地道：「聽聽可以改天去，生日要去遊樂場玩嗎？」

孟聽媽媽出事，當時最傷心、受到打擊最大的就是孟聽，舒志桐總是害怕提起母親孟聽會傷心，也總是把她當小孩子看待。

孟聽看了眼外面的雨，舒爸爸尷尬道：「這個天氣確實不適合去遊樂場。」

他見孟聽眼裡確實多了一分釋然，於是帶著她去墓地祭拜。

墓地清冷，孟聽買了一束白色的小雛菊放在母親墳前，她指尖觸了觸墓碑，心裡有許多話都默默告訴了媽媽。

如果媽媽活著，最大的願望就是孟聽能過得快樂開心了。

如果知道孟聽因為那件事不願意再彈琴跳舞，媽媽多半會敲著她的腦袋：「妳這個死心眼，白費了妳老媽的栽培。」

孟聽想著想著笑了，不會白費您的栽培的，她要讓善良的舒志桐過得更好。

舒志桐見孟聽走出墓地情緒都還好，於是鬆了口氣。這麼多年，他壓在心裡的那塊石頭總算放下了一些。

孟聽讓他別買蛋糕，一家人吃頓飯就好，然而吃完飯孟聽就背著包出門了。

她解釋道：「我要出去參加鋼琴比賽，會晚點回來。樓上的宋老師負責報名的，舒爸爸你放心。」

舒志桐卻很高興，甚至眼眶一紅：「加油！爸爸晚點來接妳。」

孟聽帶著淺淺的鼻音：「嗯。」

舒楊抬起眼睛，眸中也有了波瀾。

舒蘭不可置信地看向孟聽，她不是……有心理陰影嗎？上次替她彈琴都是軟磨硬泡來的，為什麼還會再次去比賽？

孟聽出門時看見了徐迦，少年穿著俐落簡單，他也不多話：「走吧。」

「你也去？」

徐迦語調平靜：「嗯，我媽讓我陪著妳。」

孟聽趕緊說不用。

徐迦眸中帶笑：「沒辦法啊，妳沒平安回來我媽不許我進門。我也沒見過世面，想去看看。走吧，快遲到了。」他說話幽默，不帶攻擊性，也不帶企圖心，讓人很放鬆。

孟聽忍不住笑了，她菱唇彎彎，眸中清澈。她笑一笑，空氣都沾上了她身上的甜意。

徐迦說：「我不會這些，就是個外行，所以妳別有壓力。」

時隔三年，孟聽再一次站在了這個地方。

燈光閃耀，一瞬的黑暗過後，舞臺上只有一架質地很好的鋼琴。

徐迦看了眼手錶，七點十八分。

孟聽去換了身衣服。畢竟是表演，她隨身帶的包裡面，就有提前準備好的鋼琴服裝。她撩起長髮，用藍色的絲帶捆起來。

她出來時，徐迦瞳孔緊縮。

時隔多年，他再一次見到她這個模樣，讓人著迷，讓人屏息。

孟聽用所有的積蓄，在半個月前買了這身衣服，藍色的絨裙拖地，白色的袖口，有種冬天的優雅和美麗。她用纖細的絲帶把頭髮捆起來，絲帶垂下，空氣瀏海柔美。

還要七八個才輪到她比賽，因此還得在臺下坐一下。

臺下燈光黯淡，參賽的選手多少有些緊張。也不會去看別的選手是什麼裝扮。

徐迦一直看著她，她卻沒在徐迦身邊坐下。

偌大的展廳裡面，五彩的燈光流轉，她換了衣服在最後一排坐下，然後跟著不同的音樂找狀態打節拍。

一切安靜的、柔和的、激昂的世界，似乎都不能影響她。

她纖細美麗的手指輕輕跳動，指尖一點櫻粉。

臺上那人功底不錯，彈奏的是〈給愛德琳的詩〉。六年時間，在宋麗娟看來很短，可是對於一個天才少女來說，足夠記住一切的指法。

孟聽側耳靜靜聽，覺察表演者在高昂的地方慢了一拍，她垂眸，長睫靜靜落下，在白皙的臉頰上落下一片剪影。

徐迦心跳飛快，他一直回頭看她，半點也不知道臺上彈了些什麼。他並非是自己所說的那種門外漢，曾經為了聽懂這些曲子，他在MP3裡面把所有名曲都聽了一遍。

然而時隔多年，他想念的就是這樣一個低眸。

她誰也不看，誰也不管，哪怕安安靜靜的存在，也有種令人發瘋的吸引力。

七中許多人看到的只是她表面的美麗，卻不知道在某些時刻，她有種令人欲生欲死的本領，一個動作、一個眼神都能勾魂。

舞臺上面有大鐘，孟聽再抬眸時，上面已經八點半了。

前面還有兩個人，就該她比賽了。

她看著八點半的鐘，有些微晃神。不知道臺下誰往窗外一看，驚呼了一句：「下小雪了。」

三十年來，H市第一次下雪。

下雪吸引了所有人的目光，就連評委也透過窗戶往漆黑的天幕外看去。

果然，在今年十二月的平安夜，下了多年來唯一一場雪。

紛紛揚揚的雪花像輕盈的絨，落在地上就化，變成冰晶，最後融成水點。

臺上的表演的人卻不由得心慌，哪怕他彈得不錯，可是聽眾被別的事情所吸引，也是不妙的事情。

在孟聽的記憶裡，高二這年冬天下了一場雪，她死那年下了一場暴雪，她終其一生，也只看過兩次下雪。

這麼冷，她昨晚也說明白了，江忍肯定沒來找她吧？

江忍晚上七點鐘去孟聽家社區時，手指凍得發紅。

賀俊明打電話給他：『天氣預報準嗎？小雪？鬼知道H市多少年沒有下過雪了。』

江忍語氣含笑：「讓你準備好就準備好，瞎吵什麼。」

何翰冷得直發抖：『忍哥你快點啊，我怕這東西融化。』

賀俊明掛了電話，才有心思來看兩人高的大箱子裝的東西，一看也傻眼了：「這……哪來的啊？」

何翰搓著手，得意地道：「漂亮吧！」

裡面是一個真正的冰晶球，用薄冰打造的，清澈透明。薄冰上的雪花栩栩如生，底部裝了白色的燈座，照亮剔透的冰球，流光溢彩。這冰球兩人多高，像走進了一個冰雪世界。

賀俊明看傻眼了，這東西很難搞到吧。

他小時候家在北方，那裡經常下雪，後來公司遷址，就到了H市，許久沒有見過這麼剔透漂亮的冰層。冰層四周散發著寒氣，賀俊明看到一個工工整整的「聽」字在角落，他快笑瘋了：「這忍哥刻的啊？」

何翰接話：「他也是不怕冷。」

這個東西，靠近就冷得要瘋了，誰還能安安靜靜地在上面刻字？

賀俊明瞠目結舌：「這要是真下雪了，雪落進冰球裡，我靠厲害了！」

那雪花還不會融化，簡直美得驚人。

何翰冷得話都說不清楚：「這麼冷還真有可能。」

「忍哥怎麼想到搞這個啊？」

何翰說：「前幾天班上女生不是都在祈禱今年冬天下雪嘛，忍哥看慣了北方的雪，才知道H市不下雪。」

今年H市最冷，江忍打了很多通電話查閱天氣，提前許多天弄了這東西。

賀俊明他們在社區兩公里外的公園冷得瑟瑟發抖，最後忍不住都上了車。

過了許久，也沒見江忍回來。然後在八點多的時候，天空中果然下起了雪。

賀俊明一聲歡呼：「我靠有生之年系列啊！」

他們興奮了一下，才記起江忍過去一個多小時了。

賀俊明笑得猥瑣：「不會是在那邊過二人世界吧。」

方譚皺眉：「不可能。」

他看了眼薄冰水晶球：「它快融化了。」雪花落在薄冰裡，有種純粹到極致的美麗。上面一個小小的「聽」字，也漸漸開始融化。

車上幾個人面面相覷。

許久後何翰嚥了嚥口水：「不然喊忍哥回來吧，他在風雪中等了一個多小時了。」

賀俊明這次學乖了：「你喊。」

「我靠你怎麼不喊？」

「你提議的。」

「賀俊明老子弄你！」

大家都不敢去叫江忍，畢竟這麼多年，從沒見過江忍這麼認真。以往他們這群人去參加別人的生日聚會時，都是隨隨便便送點貴的，談得上錢，卻沒什麼心意。

在冰晶上一點點端正地刻字，只為了討好一個女孩子。

他們都知道忍哥栽了。

賀俊明摸出打火機點菸，皺眉道：「希望孟聽能來看看吧。」

晚上九點，天幕已經全黑。

江忍肩上落了一層雪，雪化掉，變成涼透的水。

他渾不在意地抹了把臉，看著三樓亮起的燈光。

靠！昨晚知道心軟，今天怎麼就不來看看他，今晚比昨晚還冷。

他身上冷，心中卻是溫柔和暖意。

終於在等了兩個小時以後，他意識到了一種可能——她不會再下來了。

昨晚她就說，他的存在對她而言是一種困擾。

江忍這輩子就沒服輸過，他僵硬的手指摸出手機，打給賀俊明：「那個給你照片的女生，你有她電話嗎？之前彈琴那個。」

賀俊明想了想，對舒蘭倒是還有印象，他一翻手機，我靠還真不知道什麼時候存了。

他傳給江忍，江忍撥打過去。

舒蘭在房間傳訊息，接到電話時聽到對面冰冷沙啞的少年音，她有片刻恍惚。

很冷的聲音，卻莫名帶感。

「你是？」

『江忍。』

舒蘭心跳加快了，他們學校的江忍啊！上次以後張依依她們都規規矩矩做人了。就連陳爍的事情都沒再追究。

『妳姐呢？』

舒蘭一聽這句話心涼了半截。孟聽去參加鋼琴比賽，江忍要是去了，那他就知道第一次彈琴的人是孟聽了。

她半晌沒說話，支支吾吾道：「你找她有事嗎？」

『把電話給她。』

舒蘭知道瞞不下去了，她一咬牙：「我姐不在家，她去比賽了。」

那邊沉默半晌，『什麼比賽？』

鋼琴比賽，不問國度，不問年齡，不問閱歷。

一萬五的大獎贊助商也在下面傾聽。

孟聽上臺時，也不是個好時間，大家都在看外面幾十年難得一見的小雪。

燈光黯淡一瞬，重新亮起，這次聚集在她身上。

徐迦看著舞臺，空氣進了肺，有一瞬的刺痛。

麥克風在鋼琴上方，她鞠躬坐下以後，才輕輕道：「我叫孟聽，今天演奏〈柔如彩虹〉。」

有一種人，當她站在合適的位置，全世界的美麗都在為她讓路。

不是雪不夠稀罕、不夠美，而是她太讓人驚豔。

十七歲的少女，長髮垂下，明眸朱唇，肌膚如瓷，藍色的裙子彷彿鍍上了一層細微的光暈，她指尖跳動彈著旋律，光下，她纖細的手指也剔透般美麗。

臺下不管是評委還是參賽者，都在看她。

十四歲那年的孟聽，青澀得像枝頭含苞的桃花，卻已經令人紛紛抬首駐足。而今的她，徐迦再難找到言語，他眸中帶上狂熱。

對，就是這樣的感覺，天下無雙，獨一無二！

她可以讓所有人為她安靜，沒有人再記得這場雪。

〈柔如彩虹〉韻律漸漸疊高，從慢到快，一如靜謐裡彩虹初初出現的驚喜。

她手指輕快，唇角輕輕抿出笑意。

冬天裡最溫柔的光，悄悄落在她身上。黑髮上的藍色彩帶安安靜靜地垂在身後，她快彈完了，臺下才有人摸出手機偷偷拍照。

等她彈完了以後，掌聲延遲了好幾秒，才如雷鳴般響起。

臺下一個頭髮花白的中年女性評委忍不住笑了：「我記得這個女孩子。」

那年她還是國中，卻讓人一見難忘。都在想這女孩長大了會是怎樣驚才絕豔的模樣。

要是當年那些評委還在，就知道她沒讓所有人失望。

比賽當天並不會頒獎，孟聽卻不能再去更衣室換衣服，這個時間更衣室人擠人，她只能穿著藍色的絨裙往外走，走了幾步，她尷尬地回頭：「徐迦？」

徐迦斂去眸中的情緒，玩笑道：「才想起我也來了啊。」

她坦誠得不像話，臉頰微紅點點頭：「對不起。」她眸中清澈，「你別生氣。」

她想事情的時候很專注，多年沒有表演過有點緊張，找感覺時忘了他也來了。

徐迦說：「我沒生氣。」他興奮都來不及。

徐迦跟她說：「都沒帶傘，外面在下小雪，將就一下？」

孟聽點點頭。

她走出去時也忍不住驚嘆，眸中亮晶晶的，看著小雪紛飛的世界。

路燈柔和，她的藍色長裙堪堪拖地。

孟聽提著裙擺，不讓裙子被弄溼。

肩上一熱，徐迦為她披上衣服，他看著遠處那個墨色的身影，低頭對上呆愣的孟聽，她立刻意識到這行為有些過界。

徐迦扶住她的肩膀：「別動。」

孟聽皺眉。

「你不喜歡江忍對嗎？」

孟聽驚訝地看著他。

「他在看妳。」

孟聽下意識要回頭，徐迦制止了她：「別回頭。他們都說他有病，妳應該也知道他很難纏。」

徐迦彎下腰：「那天我下樓都看到了，他喜歡妳。妳要是不想他再纏著妳，就不要回頭。讓他死心吧。」

孟聽一雙清凌凌的眼睛看著徐迦，燈光下她瞳孔是柔和的茶色。

隔著黑夜，她都能感覺到身後寸寸凌厲如芒在背的目光。

她握緊手指，沒有動。

徐迦也沒有做什麼，他只是彎腰偏了偏頭。

孟聽不傻，知道徐迦在做什麼，從江忍的角度，他能看到漫天小雪中，她在被吻。

徐迦說對了，她不喜歡江忍。

那個少年鋼鐵為軀，偏執時什麼都擊不碎他。她說討厭沒用，她讓他走沒用。可是他桀驁，有最後的底線和自尊，不會去碰別人的所有物。

不知道過了多久，徐迦笑著說：「他走了。」

孟聽推開他，把衣服還給他，她點點頭，一個人往公車站走。

徐迦跟上來：「妳不開心嗎？妳不是不喜歡他嗎？」

孟聽輕輕地「嗯」了一聲，她平靜地說：「我不喜歡他，可是也不喜歡你。」她並不笨。

徐迦的笑僵在了臉上。

賀俊明一行人晚上十一點才等到江忍。

他回來時，冰晶球融化了一半，小雪還在下，落在地上化成一層淺淺的冰凌。他是一個人回來的，帶著夜的寒氣，打開車門時大家都感覺到了他身上幾乎沒有一點溫度。

江忍的頭髮上還有沒融化的雪花，黑瞳裡沒有半點情緒。

他一坐上來，車裡的暖氣都架不住他在外面待了那麼久的冷。

很快雪花化成了水，布在他稜角分明的臉上。他垂著眸，什麼也沒說，大家也不敢問。

直到江忍平靜地開口：「賀俊明，來支菸。」

賀俊明連忙在口袋裡摸了根菸遞過去。

所有人都沒說話，卻知道肯定發生了什麼。畢竟江忍很久沒抽菸了，他們抽的時候江忍還讓他們滾遠點別汙染了他的衣服。然而他今晚回來，什麼都不說，只是沉默地抽完了一整包菸。

一支又一支，似乎要把前段時間沒做的、他克制而壓抑的東西全部釋放出來。

江忍平靜得過分，然而沒人會覺得他平靜。平靜之下，隱隱壓著一股瘋狂。

方譚坐在駕駛座上，半晌後才開口詢問：「忍哥，那個⋯⋯」

江忍順著他手指的地方看過去，冰晶球裝了一層雪花，最右下角那個「聽」字已經完全模糊，他盯著那個字看了一下，扯了扯唇角，然後他淡淡地道：「不用管，過不了多久就融化了。開車。」

方譚啟動車子，賀俊明實在受不了這股壓抑的氣氛了：「忍哥，你見到她了沒啊？」

江忍閉上眼，靠在椅背上：「沒有。」

他寧願沒有。

舒蘭跟他講孟聽去參加鋼琴比賽時，他沉默了許久，幾乎立刻想通，初見時那個舞臺上的人是誰。那一次的琴不是舒蘭彈的，是她。

他媽拋棄他和他爸爸，和姦夫跑了的那年，他就發誓，將來永遠不會喜歡太過有才華的女人。

呵，你看，她們多漂亮，多美好，一面讓男人為她傾倒，一面又矜持驕傲。等你迷戀她迷戀得無法自拔的時候，她就會毫不留情地甩了你。

這種人，最無情不過了。

他媽走後的第五年，他爸還親自打掃那間琴房。

江忍那時抱著雙臂，冷眼又譏誚地看著那個可憐的被拋棄的男人。

他不會成為第二個江季顯。

然而當他想到那是孟聽時，他心底除了有種可笑的悲哀感，更多的竟然是濃重的期待。她那樣內斂柔軟的人，竟然也有這樣張揚漂亮的一面？

他想去看看她。

然而當他趕到的時候，她已經表演完了。

小雪紛飛。

她穿著一身藍色的冬裙，袖口和裙邊都是白色的絨毛，長髮僅用同色的絲帶繫起，過長的絲帶垂在胸前。不遠處還有鋼琴的聲音迴旋，她仰頭在看雪，瓷白的頸部肌膚，似乎和雪一樣白。

一瞬間時間彷彿凝滯，他好像回到了小時候推開母親珍藏品的那個房間，抬眼就看見的一幅水墨畫。

畫上大雪紛飛，一個少女伸手去接雪花。黑髮垂下，長睫上點點剔透的白色雪花，她站在畫裡，唇角微彎，帶著清甜的笑意。

那年他幾歲？七歲還是八歲？憤怒地砸完了母親留下的所有能砸的東西，卻在這一幅名畫前猶豫。

他呆呆地看著那幅畫，甚至覺得她會走下來。可她沒有走下來，等到他回過神，才發現那不過就是一張畫，畫了一個極美的少女美人。

他屈辱地咬著唇，眼裡帶著淚，不甘被一幅可笑的畫蠱惑，憤怒地把它砸碎、撕碎了。

多年後，他早就記不清水墨畫上的人的長相，卻記得那種美得讓人驚豔震撼的感覺。

在今夜，這樣的感覺比當年還要強烈。

可是他來晚了，孟聽已經演奏完了。

他心中空洞，遠遠看著她，一時覺得荒謬，一時又覺得心跳失控。

直到他看見她鴉羽般的長睫上落下雪花，看見那個男生幫她披上衣服，她抬頭，那個男生低頭，扶住她的肩膀，他們在平安夜這晚接吻，漆黑的天幕下安靜。

她從頭至尾，都沒有推開過那個人。

他不知道自己站了多久，或許是一分鐘，或許是半小時。

江忍猶記得他幫她披上衣服時她會皺眉，為了讓衣服沒有菸味，他忍著菸癮，像個傻子。他也記得自己失控的時候吻她，她抵著他的胸膛把他推遠，說他要流氓。自此他送她回家，張開了雙臂，就又若無其事地收回來。

明明昨夜，他那麼想從背後抱住她。

他閉了閉眼，轉身就走。

很平靜地走，不知道走了多久，他開始瘋狂地跑起來，漫無目的、不分方向地往前跑。冷空氣像刀子似的，爭先恐後灌進肺裡，帶來尖銳的疼痛。

「靠！」他死死握著雙拳，一腳踹在路燈上，燈晃了好幾個重影，他喉頭一陣腥甜。

江忍冷著臉吐了口唾沫，帶了絲絲的紅。

他突然很想回去，控制不住地想回去，想拉開那個男生，想一刀捅死他，想質問她，為什麼要這樣對自己。

他甚至想要像打碎那幅水墨畫一樣，毀了她就好了。

可是他連邁出腳步都做不到。

她不是一幅畫，他甚至做不到毀了她。

多好笑，他就說，喜歡這類女人，得到的只有輕視和瞧不起。貪婪這樣的愛情，最後只有悲劇。

孟聽明明都說了，她不喜歡他。

他拇指一抹唇角，譏誚地笑了聲，不就是曾經喜歡了一個不喜歡他的少女，多了不起？

他不喜歡她的時候，不也照樣過了這麼多年。

轉眼到了放寒假的時候，七中裡裡外外洋溢著一份喜意。

樊惠茵宣布完放假以後，又交代了注意事項，讓班長關小葉去收同學們的安全承諾書。

班上喜氣洋洋的，同學們嘰嘰喳喳話別。

趙暖橙冷得跺腳：「聽聽妳在H市過年嗎？」她很興奮，「我要坐火車去鄉下老家看我外公，到時候帶特產給妳啊。」

孟聽點點頭，也軟軟地答好，她說：「我們家都是在H市過年的。」

孟聽媽媽離開家鄉後，外公外婆痛心極了，不再認這個女兒，孟聽過年都是在H市過。

樊惠茵說：「放假回去不要懈怠，等開春回來，你們就是高二下學期的學生了，不抓緊時間以後有得後悔。」

下面皮得很的男生大喝一聲：「收到老師！樊老師新年快樂！」

樊老師忍不住笑了：「那提前祝同學們新年快樂！」

七中放假這天下午，校園空前熱鬧。

校門口也到處是接學生回去過寒假的家長們。

有輛銀色跑車格外炫目，不僅學生們在看，家長們也在看，忍不住指指點點，談論起來。

家長說：「喲這車好啊，我們這邊沒得買吧，少說得這個數。」他手指比了個七。

學生小聲地在她爸耳邊說：「那是江忍的車。」然後跟她爸科普隔壁高職的江忍，眼裡帶著難言的光彩。江忍叛逆不羈，可是年少時，這樣的人身上帶著不一樣的光彩，一面讓人害怕，一面又不由得覺得帥。

家長皺眉：「離他這種人遠一點知道嗎！」有錢有什麼用，社會渣滓！年紀不大打人卻狠的壞學生，家族都放棄了的人。

學生連忙稱是是是。

孟聽抱著書和趙暖橙走出來時，他把車窗按了下來。

車上幾個少年說說笑笑，看見孟聽，賀俊明猛地朝方譚使了個眼色。

方譚看了江忍一眼，江忍垂下眸，把菸灰彈了彈。

他沒再多看孟聽一眼，表情始終很平靜。

卻有許多人在看孟聽。畢竟是校花，哪怕所有人穿著一模一樣的校服，寬大臃腫，然而她在的地方，就是所有人目光所及的地方。

江忍的車停得顯眼，趙暖橙鼓著腮幫子，拉著孟聽離他遠了些：「聽聽妳離他遠點，我總覺得他對妳有企圖。」

那次爬山，江忍強行把人帶走，趙暖橙擔驚受怕了許久。

孟聽沒有拂了她的好意。

她們出來後不久，賀俊明對校門裡的人招手：「盧月美女，這邊這邊。」

盧月唇角含笑地走了過來，賀俊明打開車門，讓她坐進去。

趙暖橙看得又驚又氣：「傳言是真的啊，江忍真的和盧月在一起了？那來招惹妳做什麼呀聽聽。他花心死了，妳永遠也別喜歡這樣的人。」

孟聽幫她把快掉出來的卷子扶了扶：「別瞎說啦，人家的事少管。」

趙暖橙嘟著嘴應了一聲。

等孟聽走遠了，江忍也開車離開了。

他一直沒什麼情緒起伏，他們說到班上老師坑錢的嘴臉，他還勾唇笑了笑。

何翰傳訊息給賀俊明：『忍哥沒反應欸，應該沒事了吧？他放下孟聽了，也不追她了。』

賀俊明回道：『我看穩。』

何翰打字：『我就說七中校花哪那麼好追，忍哥非要碰了壁才放棄。』

賀俊明深以為然。

那天忍哥回來，整個人壓抑而沉默的情緒，讓所有人都戰戰兢兢，生怕他發瘋。可是他並沒有，反而重新回到了原來的生活，打球泡網咖，偶爾一起吃個飯，上課睡覺。

正常得不能再正常。

他們今天提出讓忍哥開車去接個朋友時，就擔心江忍見了孟聽控制不住情緒，可是現在發現想多了。

盧月看著駕駛座上開車的少年，笑著問他：「江忍，你過年回B市嗎，我長這麼大沒有去過B市欸，聽說那裡很繁華很熱鬧，你能和我說說嗎？」

江忍平靜地接話：「不回。」

盧月有些尷尬。

賀俊明連忙打圓場：「考完升學考請妳去玩啊！」

車上氣氛又活躍起來。

賀俊明就是個話癆，嘰嘰喳喳說個不停。盧月全程聽著，偶爾笑著應一聲，一副乖巧安靜的模樣。

方譚坐在副駕駛座上，看了眼盧月，不知道是不是他的錯覺，總覺得盧月在刻意模仿孟聽的性格。

江忍手指搭在方向盤上，懶洋洋地看著窗外紅燈。

方譚的目光轉回來，落在江忍中指的第二指節上，那裡燙紅了一片。

他們坐在後面沒看到，方譚卻看到了。

剛才孟聽出來時，江忍沒什麼反應，幾乎沒有多看她一眼，然而菸燙到了手指，幾近灼爛皮肉，他才慢半拍感覺到似地按滅了它。

寒假，孟聽迎來了一個好消息，鋼琴比賽的結果出來了，她得了第二名。

紅包和證書是宋麗娟親自送過來的，這位優雅的女老師笑著說：「聽聽很了不起啊，我聽說第一名是一位練琴二十多年的男老師。」

宋麗娟人緣不錯，她親自打聽了下，才知道那位老師有點後臺。

畢竟這是大型的鋼琴比賽，每個年齡段都有人參賽，讓一位沉穩的鋼琴教學者拿冠軍比一位稚嫩的少女拿冠軍要好。

年少驚才絕豔固然好，然而木秀於林，風必摧之，拿了第二對孟聽來說也是一種保護。

雖然以孟聽的水準，拿第一也不是問題。

孟聽眉眼喜盈盈的，拿出洗好的水果和瓜子招待宋老師。

她多年沒有碰鋼琴，能拿到第二已經讓她非常開心了。

她的高興很純粹，眸中是亮晶晶的光彩。

宋麗娟也忍不住笑：「我就不多留了，先回去了。」

孟聽拆開紅包，裡面厚厚一疊紅色鈔票，這次獎金不是給卡，而是現金，她也沒數，等舒爸爸晚上回來時全部給他。

舒志桐被這麼多紅色鈔票嚇了一跳，然後也自豪道：「聽聽真厲害，我明天就去幫妳把這些錢存起來。」

孟聽哭笑不得：「舒爸爸，錢存著我暫時也沒地方用，還是先還親戚吧。」

舒志桐虎著臉說那可不行。

「舒爸爸借錢也是為了讓我治療眼睛，既然是一家人，那齊心協力是應該的，把這些錢全給杜伯伯吧。」

她好說歹說，舒志桐總算答應了。

小年夜那天，舒楊也迎來了一個好消息，他物理競賽得了第一，獎金也是一個六千塊的大紅包。

孟聽鋼琴比賽得了一萬塊，加上這六千塊，一共一萬六千塊。在這年，這些並不算小錢，一下子解了舒志桐的燃眉之急，他嘴上雖然沒說，心裡卻不由得鬆快許多，臉上也多了過年的喜意。

養的孩子有出息，就是父母最高興、最有盼頭的事，儘管這些錢對於債務來說杯水車薪。

放了寒假，孟聽卻沒閒著，她每天除了預習高二下學期的課程還要練習跳舞。

等明年開春，抑或者夏天，她就得去參加舞蹈比賽了。

舞蹈比賽的獎金多，然而需要付出的也多，身姿柔軟輕盈需要日復一日的努力。

她每天閒下來就壓腿拉筋、練習舞步。

孟聽只重複基本功，也不需要音樂。前幾年的舞鞋小了一碼，她只穿著厚厚的襪子，腳步輕盈，家裡誰也沒發現她重新開始跳舞了。

她的生活開始變得平靜，與上輩子不同的是，她不再管舒蘭，少經歷了許多流言惡語。

舒志桐租的房子在新區。

過年顯得有些冷清，這年還沒有頒布禁煙火令，鞭炮劈里啪啦響起，各種煙火在天空散開，炸開後又墜落下來。

舒志桐今年高興，也買了幾個手持煙火，那種當年五塊錢一個的，拿在手中有十八發，他分給孩子們。

舒蘭高興慘了，點了火就玩起來。

孟聽圍著咖啡色的圍巾，也跟著他們在社區樓下放煙火。她點燃它，短暫的等待以後它衝向天空，手中握著的這一截發燙。

她乖乖站著，等著十八發放完，茶色的眼睛有種天真呆萌。

這煙火看著傻氣，舒楊不玩，他的便被舒蘭拿走了。

其他家倒是放得熱鬧。

一片喜氣洋洋中，轉眼到了除夕夜，賀俊明他們在小港城聚會。

江忍沒有回B市，大家也不提這讓人觸霉頭的事。他翹著腿在小港城打牌，眉眼慵懶肆意，一點也不像一個無家可歸的人。

大家開了無數啤酒，大喊：「新年快樂！」

盧月在剝橘子給他們，剝完一個她首先遞到江忍唇邊，一群少年起鬨：「喲，怎麼沒有剝個橘子給我。」

盧月紅了臉，卻還是軟聲說：「你嘗嘗，很甜的。」

少年們又起鬨：「快嘗嘗啊忍哥，很甜～」那個甜字被拉長了尾音調侃。

江忍沉默許久，然後笑了，張嘴接了。

又是一片起鬨。

盧月又驚又喜，越發賣力。

場面一時 high 起來。

賀俊明說：「打牌贏錢多沒意思，我們來玩『誠實與勇敢』唄，大家都玩，妹妹們都過來一起玩啊。」

女生們也興致勃勃紛紛過來了。

「誠實與勇敢」，也就是真心話大冒險。

他們玩得非常簡單粗暴，一人一張牌，最小的人接受懲罰，可以挑誠實還是勇敢。

第一輪輸的是個黃頭髮的男生，他說：「我選誠實。」

大家紛紛讓他說在場女生誰最好看。

他看了眼江忍，然後說盧月。

盧月眼底忍不住漫出自得和喜意。

第二輪是賀俊明。

大家起鬨問他初吻是在什麼時候、和誰？他咂了下嘴，仔細回憶：「國一？和我們班一個小蘿莉。」

大家大罵他禽獸，又問初夜呢？

賀俊明說：「滾滾滾，說好了一個問題，當老子傻呢。」

他畢竟和真的小混混不一樣，豪門出來的孩子，再愛玩也不敢和人瞎搞。繼承人是個敏感又很戳心的話題，像賀俊明這麼愛玩的人都知道，吻可以亂接，床不能亂上，上了說不好一半的家產還要砍成好幾份。

當然這些不足為外人道。

下一輪是個女孩子，也是高職的，賀俊明他們班的，她選了勇敢。

大家玩 high 了，讓她在場隨便找個男生親個嘴。

他們這群人輕佻慣了，那女孩子也不拒絕，她不敢挑江忍他們，和隔壁班的一個男生親了一下。

大家紛紛起鬨。

不知道玩到了第幾輪，輪到了盧月，她心跳飛快，選了勇敢。

她是七中的，大家怕她玩不起，於是說：「那盧月妳找個男生親一下？隨便親哪裡。」大家都知道她喜歡江忍，而江忍一直單身，也是給個機會撮合。

盧月沒拒絕，她紅著臉，走到了江忍面前。

大家都面紅耳赤起鬨。

江忍低眸看著手中的牌，是一張紅心九。

他無所謂地抬起眼睛，盧月不敢親他的唇，怕他生氣，於是準備親親他下巴。

少年臉部稜角銳利，翹腿坐在沙發上，盧月在他面前半蹲，唇快碰到他的前一秒，他抵住她的肩膀，把她推開。

江忍也沒什麼表情，雙指把牌翻開，一張方塊A，他說：「剛才看錯牌了。」

於是接受懲罰的從盧月變成他了。

盧月失望又惱怒。

賀俊明趕緊打圓場：「那大家快問忍哥問題吧，別客氣，儘管問。」

在場的人除了賀俊明他們，鮮少有人知道江忍追過孟聽。

有人信以為真，笑著問他：「忍哥現在在想誰？」

他們都以為他會說盧月。這樣的氣氛，正好湊對情侶。

江忍點了根菸，氤氳的煙霧看不清楚他的神色，半晌後他啞著嗓音說了一個名字。

他聲音太低，那人沒聽見，露出疑惑的表情。

賀俊明離得近，一臉難以置信的表情，然後說：「唱歌啊，開始唱歌了，這什麼『誠實與勇敢』一點也不好玩。」

許久後氣氛重新恢復，賀俊明才嘖了一聲。

等除夕夜過去，他們都走了。沒人敢開車，畢竟都喝了不少。夜風一吹，腦子也清醒了。

江忍清醒過來，臉色黑得嚇人。

賀俊明和他分開走前小聲問：「忍哥你還想她啊？」

江忍說：「喝醉了。」他平平靜靜的，眸中無波無瀾。

「忍哥，別想她了，沒什麼用啊，追不到。」

江忍垂眸，摩挲了下手上的傷口，少見的沒說話。

「不想了。」他說。

然而賀俊明已經走了許久了，他也不知道自己在跟誰說。

——《偏偏寵愛》未完待續——

高寶書版集團
gobooks.com.tw

YH 170
偏偏寵愛（上）

作　　者　藤蘿為枝
封面繪圖　虫羊氏
封面設計　虫羊氏
責任編輯　楊宜臻
內頁排版　賴姵均
企　　劃　何嘉雯

發 行 人　朱凱蕾
出　　版　英屬維京群島商高寶國際有限公司台灣分公司
　　　　　Global Group Holdings, Ltd.
地　　址　台北市內湖區洲子街88號3樓
網　　址　gobooks.com.tw
電　　話　(02) 27992788
電　　郵　readers@gobooks.com.tw（讀者服務部）
傳　　真　出版部(02) 27990909　行銷部 (02) 27993088
郵政劃撥　19394552
戶　　名　英屬維京群島商高寶國際有限公司台灣分公司
發　　行　英屬維京群島商高寶國際有限公司台灣分公司
法律顧問　永然聯合法律事務所
初版日期　2024年08月

原著書名：《偏偏宠爱》由北京晉江原創網絡科技有限公司授權出版。

國家圖書館出版品預行編目(CIP)資料

偏偏寵愛/藤蘿為枝著. -- 初版. -- 臺北市：英屬維京群島商高寶國際有限公司臺灣分公司, 2024.08
冊；　公分. --

ISBN 978-626-402-041-1(上冊：平裝). --
ISBN 978-626-402-042-8(中冊：平裝). --
ISBN 978-626-402-043-5(下冊：平裝). --
ISBN 978-626-402-044-2(全套：平裝)

857.7　　113010772